Cuent
conte

Nouvelles espagnoles contemporaines

Realismo y Sociedad
Réalisme et Société

Alvaro de Laiglesia
Alfonso Sastre
Carmen Laforet
Miguel Buñuel
Miguel Delibes
Emilia Pardo Bazán
Leopoldo Alas « Clarín »

Choix, traduction et notes par
Christian REGNIER
Juan TORRALBO
Agrégé de l'Université

POCKET

Langues pour tous

Collection dirigée par Jean-Pierre Berman, Michel Marcheteau et Michel Savio

ESPAGNOL

❑ Pour être opérationnel rapidement :
- **L'espagnol tout de suite !** (CD)
- **L'espagnol tout de suite ! Série Mains Libres (100 % audio)** (CD)

❑ Pour s'initier avec un « tout en un » :
- **40 leçons pour parler espagnol** (CD)

❑ Pour se perfectionner et connaître l'environnement :
- **Se perfectionner en espagnol** (CD)

❑ Pour évaluer et améliorer votre niveau :
- **200 tests**

❑ Pour aborder la langue spécialisée :
- **L'espagnol économique et commercial** (20 dossiers)
- **La correspondance commerciale espagnole**
- **Dictionnaire économique, commercial et financier**
- **Vocabulaire de l'espagnol économique**
- **L'espagnol au téléphone tout de suite !** (CD)
- **L'espagnol en réunion tout de suite !** (CD)
- **Le CV en espagnol tout de suite !**

❑ Pour s'aider d'ouvrages de référence :
- **Grammaire espagnole pour tous**
- **Vocabulaire de l'espagnol**
- **Civilisation espagnole**
- **Correspondance pratique**

❑ Pour prendre contact avec des œuvres en version originale :
- **Série bilingue :**

L'espagnol par les chansons (CD)
Borges (Jorge Luis) :
- Histoire universelle de l'infamie

Nouvelles espagnoles contemporaines

Nouvelles hispano-américaines :
- Vol. I - Des Andes aux Caraïbes
- Vol. II - Rêves et Réalités

M. V. Montalbán
- Vu des toits

❑ **Série Monolingue**
Zoé Valdès
- Cuentos de la Habana

Julio Cortázar
- Cambio de Luces
  Segunda Vez

(CD) = Existence d'un coffret : Livre + (CD)
Attention : Les CD ne peuvent être vendus séparément du livre.
➨ Le livre seul est disponible.

Autres langues disponibles dans les séries de la collection **Langues pour tous :**
ALLEMAND - ANGLAIS - AMÉRICAIN - ARABE - CHINOIS - FRANÇAIS - GREC - HÉBREU - ITALIEN - JAPONAIS LATIN - NÉERLANDAIS - OCCITAN - POLONAIS - PORTUGAIS - RUSSE - TCHÈQUE - TURC - VIETNAMIEN

Sommaire

Christian Regnier a enseigné la langue et la littérature espagnoles en France dans l'enseignement secondaire, et en Espagne aux étrangers (*Instituto de Estudios Castillo de Peñiscola, Universidad de Valencia*), avant de se spécialiser dans la langue des affaires en devenant professeur à l'*École Supérieure de Commerce de Paris.*

Il s'intéresse aux problèmes économiques, politiques et sociaux du monde hispanique et hispano-américain, qu'il a enseigné au *Centre d'Études Ibériques et Latino-Américaines Appliquées* (Université de Paris IV Sorbonne).

Il est coauteur de *Temas generales de ponencias y debates* (Éditions Marketing, 1975, Paris), de *Pratiquez l'espagnol - Un passeport pour l'Espagne et l'Amérique Latine* (Pocket, Paris, 1983 - Nouvelle édition 2004) et de *Cuentos hispanoamericanos - Des Andes aux Caraïbes, Mythe, Légende et Réalité* (Pocket, Paris, 1986 - Nouvelle édition 2004).

Juan Torralbo Muñoz, après ses études au lycée, à l'École Normale et à l'École d'Art Dramatique de Córdoba (Espagne), arrive en 1964 en France, où il poursuit ses études supérieures et sa carrière d'enseignant. Agrégé de l'Université, il a été professeur de Classes Préparatoires aux Grandes Écoles (Lycées Montaigne, Saint-Louis et Victor-Hugo à Paris).

Ancien Chargé de Cours à l'Université de Paris XIII, il a été conseiller pédagogique et chargé de la formation permanente des professeurs d'espagnol de l'Académie de Paris.

Il a souvent associé son enseignement à sa passion du théâtre : montage de diverses représentations de : *España en su poesía, Mariana Pineda* (F. García Lorca), *El Adefesio* (R. Alberti). Sa « troupe » d'élèves a remporté à deux reprises le premier prix du Concours scolaire et universitaire organisé par le Théâtre Montansier de Versailles.

A publié : *Mariana Pineda : analyse et mise en scène de l'œuvre* (C.R.D.P. Paris, 1980).

Il est coauteur de : *Cuentos y leyendas de América Latina* (C.R.D.P. Paris, 1980), *Cuentos y leyendas de España* (C.R.D.P. Paris, 1981), *Pratiquer l'espagnol* (Pocket, 1983 - Nouvelle édition 2004), *España y América al habla* (Méthode vidéo d'enseignement - Grands débutants - V.L.S. Paris, 1984).

ISBN : 978-2-266-13986-1

Comment utiliser la série « Bilingue » ?

Les ouvrages de la série « Bilingue » permettent aux lecteurs :

• d'avoir accès aux versions originales de textes célèbres, et d'en apprécier, dans les détails, la forme et le fond, en l'occurrence, ici, des **nouvelles espagnoles** ;

• d'améliorer leur connaissance de l'espagnol, en particulier dans le domaine du vocabulaire dont l'acquisition est facilitée par l'intérêt même du récit, et le fait que mots et expressions apparaissent en situation dans un contexte, ce qui aide à bien cerner leur sens.

Cette série constitue donc une véritable méthode d'auto-enseignement, dont le contenu est le suivant :

• page de gauche, le texte en espagnol ;

• page de droite, la traduction française ;

• bas des pages de gauche et de droite, une série de notes explicatives (vocabulaire, grammaire, rappels historiques, etc.).

Les notes de bas de page aident le lecteur à distinguer les mots et expressions idiomatiques d'un usage courant aujourd'hui, et qu'il lui faut mémoriser, de ce qui peut être trop daté ou exclusivement lié aux événements et à l'art de l'auteur.

Il est conseillé au lecteur de lire d'abord l'espagnol, de se reporter aux notes et de ne passer qu'ensuite à la traduction ; sauf, bien entendu, s'il éprouve de trop grandes difficultés à suivre le texte dans ses détails, auquel cas il lui faut se concentrer davantage sur la traduction, pour revenir finalement au texte espagol, en s'assurant bien qu'il en a maintenant maîtrisé le sens.

Signes et principales abréviations utilisés dans les notes

adj.	adjectif
adv.	adverbe
amér.	américanisme
cf.	confer (voir)
compl.	complément
cond.	conditionnel
compl. dct.	complément direct
dém.	démonstratif
dim.	diminutif
Esp.	Espagne
étymol.	étymologiquement
fam.	familier
fig.	sens figuré
fut.	futur
id.	idem (de même)
imp.	impératif
impf.	imparfait
ind.	indirect
inf.	infinitif
intr.	intransitif
litt.	littéraire
m. à m.	mot à mot
p.p.	participe passé
pers.	personne
pers. pl.	personne du pluriel
pers. sg.	personne du singulier
ppre	sens propre
prép.	préposition
prés.	présent
pron.	pronom
qqch.	quelque chose
qqn.	quelqu'un
sing.	singulier
subj.	subjonctif
subs.	substantif
v. irr.	verbe irrégulier
tr.	transitif

Présentation

Nous avons réuni dans cet ouvrage des œuvres d'une incontestable qualité littéraire qui, du XIXe siècle à nos jours, traduisent cette sensibilité et cette vision saisissante de l'homme et de son environnement qui caractérisent le « réalisme » espagnol.

Du naturalisme d'Emilia Pardo Bazán — qui plonge dans les racines de l'« Espagne souffrante » de son époque — à la littérature des années cinquante — où s'accroît l'intention éthico-sociale sur toile de fond politique —, on retrouve l'observation directe de la vie au quotidien.

La nouvelle de Clarín — *Flirt légitime* — s'apparente à cette analyse de la société par une satire mordante du régime parlementaire du XIXe siècle alliée à une description très fine de la psychologie féminine dans un registre culturel.

Dans *le Châtiment de Dieu*, *Fracas et Éblouissement*, et *l'Élu*, pointent les spéculations symboliques sur le devenir de l'homme.

L'ordre de présentation des nouvelles tient compte d'une gradation des difficultés linguistiques.

La traduction épouse au plus près le texte espagnol, afin de permettre au lecteur de mieux en appréhender la structure.

LES AUTEURS

Alvaro de LAIGLESIA

Castigo de Dios*

Le châtiment de Dieu

Né à Saint-Sébastien en 1922. Il a été directeur de l'hebdomadaire satirique *La Codorniz...* souvent censuré et suspendu.

Il a publié de nombreux ouvrages tournant en dérision la vie quotidienne dans l'Espagne de son époque, projetant une vision décapante et déformante parfois de son univers.

Parmi ses œuvres les plus connues on peut citer *Sólo se mueren los tontos*, *Dios le ampare, imbécil*, *Todos los ombligos son redondos*, et une pièce de théâtre : *Más allá de tus narices*.

* Mot à mot : *punition, châtiment de Dieu.* En style direct : *Dieu t'a puni !*

Acabo de abrir los ojos.

Y al ver frente a mí los contornos familiares de dos sillas y una mesa, me he puesto a dar saltos[1] de alegría.

He saltado como un loco, hasta quedar rendido y jadeante[2].

Ahora me está entrando[3] un ataque de risa que no sé cuánto tiempo me durará.

Y me apresuro a decir que no estoy loco, aunque a primera vista pueda[4] parecerlo. Comprendo que cualquiera[5] se sorprendería observando mis aparatosas reacciones ante hechos tan triviales como son levantar los párpados y advertir[6] la presencia de unos muebles tan corrientes. Pero en cuanto yo le explicara[7] a ese cualquiera los motivos de mi reacción, dejaría de sorprenderse para proceder en el acto[8] a desmayarse.

Porque yo, antes de abrir los ojos, no los tenía cerrados por capricho, ni por haber estado durmiendo. Tampoco los cerré por mi propia voluntad.

Lo cierto es que un alma piadosa me los cerró, porque yo me había muerto.

Así, como suena : muerto. Completamente muerto.

No puedo precisar cuánto tiempo estuve sumido en ese estado de inconsciencia mortal, pues acabo de revivir y aún no me he encontrado con[9] nadie para preguntárselo. Tampoco me corre prisa averiguarlo[10]. Lo importante es que yo volví del otro mundo y que estoy de nuevo en éste, entre los vivos.

---

1. **dar saltos :** m. à m. : « *donner des bonds* ». **dar un paso, una vuelta** : *faire un pas, un tour...*

2. **hasta quedar rendido y jadeante : hasta** + infinitif : envisage l'action comme terminée = *jusqu'à ce que je sois (fusse) épuisé et essoufflé.* A noter : **quedar**, remplace souvent **estar**, sens de résultat : **se quedó sorprendido** : *il en fut surpris ;* **rendido** : participe de **rendir** : *rendre,* mais aussi adjectif : *vanné, très fatigué.*

3. **entrar :** sens de *être pris de... : je suis pris d'un fou rire ;* **entrar sueño** *(sommeil),* **ganas de hablar...**

4. **aunque pueda : aunque** + subj. : *même si* + indicatif. m. à m. : « *même si cela le paraît.* »

5. **cualquiera :** (pronom), *quiconque, n'importe qui.* adj. : **cualquier hombre** : *tout homme, n'importe quel homme...*

Je viens d'ouvrir les yeux.

Et en voyant devant moi les contours familiers de deux chaises et d'une table, je me suis mis à danser de joie.

J'ai sauté comme un fou, jusqu'à ce que je sois épuisé et essoufflé.

Maintenant je suis pris d'un fou rire et je ne sais pas combien de temps il va durer.

Et je m'empresse de dire que je ne suis pas fou, même si à première vue je peux le paraître. Je comprends bien que mes réactions spectaculaires devant des faits aussi communs que de lever les paupières ou remarquer la présence de meubles aussi courants surprendraient n'importe qui. Mais dès que je lui aurais expliqué les motifs de ma réaction, il cesserait de s'étonner pour s'évanouir sur-le-champ.

Parce que moi, avant d'ouvrir les yeux, je ne les avais pas fermés par caprice, ni parce que j'avais dormi. Je ne les avais pas non plus fermés de ma propre volonté.

Ce qui est sûr, c'est qu'une âme pieuse me les avait fermés, parce que j'étais mort.

Littéralement mort. Complètement mort.

Je ne peux pas dire combien de temps j'ai été plongé dans cet état d'inconscience mortelle, puisque je viens de renaître et que je n'ai encore rencontré personne pour le lui demander. Je ne suis pas non plus pressé de le savoir. L'important, c'est que je suis revenu de l'autre monde et que je suis de nouveau dans celui-ci, parmi les vivants.

---

6. **advertir :** *remarquer.* Sens courant de « *prévenir* », « *mettre en garde* ».
7. **en cuanto yo le explicara... dejaría... :** *aussitôt que, dès que.* Même logique que pour la subordonnée conditionnelle au subjonctif imparfait dont la principale est au conditionnel : « **Si yo le explicara... dejaría de...** » **dejar de** : *cesser de...*
8. **en el acto :** *tout de suite, sur-le-champ.*
9. **encontrarse con :** *rencontrer quelqu'un* (par hasard).
10. **averiguar :** *vérifier, enquêter sur, s'enquérir de.* Ici : *savoir, apprendre.*

Es la alegría de haber regresado la que me hace brincar y reir. Porque nada satisface tanto como comprobar[1] que los hechos confirman nuestras teorías. Y yo, durante toda mi vida anterior, creía firmemente en la reencarnación. Mi gran inteligencia siempre rechazó[2] las versiones religiosas que pretendían anunciarnos lo que iba a ocurrirnos en la etapa *post mortem*.

— Si sigues hablando así — me decían agoreros[3] los que me escuchaban — Dios te castigará.

¡ Buen chasco se llevarían los[4] que pretendieron amedrentarme[5] con ese hipotético castigo si pudieran comprobar que yo estaba en lo cierto ! Porque siempre creí que la muerte no era más que un estado intermedio entre dos reencarnaciones, y no me equivoqué[6].

¡ Prueba de ello es que estoy de nuevo aquí, después de haber pasado por esa fase de transformación física !

Mi carne es ahora distinta, pero mi soplo vital que la anima sigue siendo el mismo. Y ningún Dios con barba ha podido castigarme por haberme reído de él. Ni por haber adivinado lo que verdaderamente ocurre después de morir.

¿ Qué me dirían ahora todos los supersticiosos y todas las beatas[7] que se escandalizaban al oír mis burlas[8] sobre sus ángeles y sus demonios ? Aquí estoy otra vez[9], de carne y hueso, sobre el mismo planeta en el que hace algún tiempo dejó de existir mi anterior envoltura[10] carnal.

---

1. **comprobar :** *constater, vérifier.*
2. **rechazar :** *repousser, rejeter, nier.*
3. **agorero :** *devin, oiseau de mauvais augure, de malheur.*
4. **Buen chasco se llevarían los que... :** *ils ont dû être bien déçus ceux qui...* **llevarse un chasco** : *avoir une déception ;* **chasco** : sens courant de *fiasco, échec.*
5. **amedrentar :** *faire peur, intimider, effrayer.*
6. **equivocarse :** *se tromper, être dans l'erreur, tromper quelqu'un :* **engañar a alguien.**
7. **beatas :** *dévotes.* Ici : *bigotes.*
8. **las burlas :** ici : *moqueries, plaisanteries ;* **de burlas** : *pour rire ;* **hacer burla de** : *se moquer de.*

C'est la joie d'être revenu qui me fait sauter et rire. Parce que rien n'est plus satisfaisant que de vérifier que les faits confirment nos théories. Quant à moi, durant toute ma vie antérieure, je croyais fermement à la réincarnation. Ma grande intelligence a toujours repoussé les croyances religieuses qui prétendaient nous annoncer ce qui allait nous arriver à l'étape *post mortem*.

— Si tu continues à parler ainsi, me disaient comme des augures ceux qui m'écoutaient, Dieu te punira.

Ils seraient bien attrapés ceux qui ont voulu m'effrayer avec cet hypothétique châtiment s'ils pouvaient vérifier que j'étais dans le vrai ! Parce que j'ai toujours cru que la mort n'était qu'un état intermédiaire entre deux réincarnations, et je ne me suis pas trompé.

La preuve en est que je suis à nouveau ici, après être passé par cette phase de transformation physique !

Ma chair est aujourd'hui différente, mais le souffle vital qui l'anime est toujours le même. Et aucun dieu barbu n'a pu me punir de m'être moqué de lui. Ni d'avoir deviné ce qui arrive vraiment après la mort.

Que me diraient aujourd'hui tous les superstitieux et toutes les bigotes qui étaient scandalisés en entendant mes plaisanteries sur leurs anges et leurs démons ? Me revoilà ici en chair et en os, sur la même planète que celle sur laquelle avait cessé d'exister il y a quelque temps mon enveloppe charnelle antérieure.

---

9. **otra vez :** m.à m. : *une autre fois.* **« Aquí estoy otra vez »** : *me revoilà, je suis de retour ;* sens courant de encore. **¿ Otra vez vas a hablar ?** : *tu vas encore parler ?*
10. **envoltura :** m. à m. : *enveloppe, couverture, emballage ;* sens d'*apparence, aspect.*

Y no he visto en ningún momento — ni antes del tránsito, ni en el tránsito, ni después del tránsito [1] — la mano de ningún Dios que se alzara [2] contra mí para castigarme por haberle negado [3] y escarnecido [4].

He vuelto a nacer [5] con el mismo espíritu que tuve, y viviré esta vez con más arrogancia que antes, con más seguridad [6] en mí mismo, por haber comprobado que yo tenía razón. No sé aún el aspecto físico que tendré en esta nueva encarnación ; pero a juzgar por [7] el orgullo que siento, llegaré a ser [8] esta vez más guapo y fuerte que en mi pasado lapso entre los vivos.

Por lo que veo [9], me ha tocado revivir [10] en una casa parecida a la que abandoné al morirme. Las sillas y la mesa que observan mis ojos en este momento, son blancas y casi iguales a las que había en la cocina de mi piso anterior. La habitación, en cambio, me parece muy grande. Esto se debe, sin duda, a un efecto óptico muy normal en la niñez : cuando somos pequeños, todas las cosas que vemos nos parecen mucho mayores [11]. Y yo debo de ser pequeñísimo todavía, porque acabo de nacer.

Es seguro que cuando crezca [12] en esta nueva vida llegaré a ser mucho más importante que en la vieja, puesto que poseo desde mi nacimiento una madurez mental completa.

---

1. en changeant le nom, allusion ironique à une prière concernant le dogme de l'Immaculée Conception : **antes del parto, en el parto y después del parto. Parto** : *accouchement, enfantement.* D'où, **antes del tránsito... tránsito** : ici, *passage, mort* (dormition) ; aussi : *circulation* (véhicules). **calle de mucho tránsito** : *très passante, à grande circulation.*
2. **alzarse :** *se lever.* connotation de menace que l'on ne trouve pas dans **levantarse**. Fig. : *se soulever.* **Alzamiento** : *soulèvement.*
3. **negado :** **negar** : *nier.* Ici : *renier.* **negarse à** : *refuser de.*
4. **escarnecer :** *bafouer ;* **el escarnio** : *l'outrage, la dérision.*
5. **he vuelto (volver) a nacer** ou **he nacido de nuevo :** *je suis né à nouveau ;* **volveré a hacerlo** ou **lo haré de nuevo** : *je le referai.*
6. **seguridad :** *sécurité, assurance.*

Et je n'ai vu à aucun moment — ni avant la dormition, ni pendant la dormition, ni après la dormition —, la main d'aucun Dieu se dresser contre moi pour me punir de l'avoir renié et bafoué.

Je suis né à nouveau avec le même esprit, et je vivrai cette fois avec plus d'arrogance qu'avant, avec plus de confiance en moi, parce que j'ai constaté que j'avais raison. Je ne connais pas encore l'aspect physique que j'aurai dans cette nouvelle incarnation ; mais à en juger par l'orgueil que je ressens, je deviendrai cette fois-ci plus beau et plus fort que lors de la dernière période de temps que j'ai passée chez les vivants.

A ce que je vois, le sort a voulu que je revive dans une maison semblable à celle que j'ai abandonnée en mourant. Les chaises et la table que mes yeux observent en ce moment sont blanches et presque semblables à celles qu'il y avait dans la cuisine de mon appartement antérieur. La chambre, par contre, me paraît très grande. Cela est dû, sans doute, à un effet d'optique très normal chez les enfants : quand nous sommes petits, toutes les choses que nous voyons nous semblent beaucoup plus grandes. Et je dois être encore très petit, puisque je viens de naître.

Il est sûr que lorsque je grandirai pendant cette nouvelle vie, je deviendrai beaucoup plus important qu'au cours de l'ancienne, parce que je possède dès ma naissance une pleine maturité mentale.

---

7. **a juzgar por :** *à en juger d'après...*
8. **llegar a ser** + adjectif : idée d'*aboutissement ; parvenir ;* ici : *devenir.*
9. **por lo que veo, sé,** etc. : *d'après ce que je vois, sais,* etc.
10. **... me ha tocado revivir... :** *il m'a été donné de revivre ;* **tocar** : idée de *hasard* ici. Comme : **me ha tocado la lotería** : *j'ai gagné à la loterie ;* **me ha tocado el (premio) gordo** : *j'ai touché le gros lot.* **tocar** : *être le tour de.* **A ti te toca** : *c'est ton tour.*
11. **mucho mayores :** *beaucoup plus grandes.* **Es mayor que yo** : *il est plus grand (âgé) que moi.* **Los mayores** (subs.) : *les grandes personnes, les aînés.*
12. **... cuando crezca (crecer)... llegaré a ser... :** *quand je grandirai... je deviendrai...* Observer le subjonctif **crezca** dans la subordonnée de temps, le verbe de la principale **(llegaré a ser)** étant au futur dans les deux langues.

¿ No es ésta la prueba definitiva de que Dios es un mito para cerebros subdesarrollados ? Si de veras[1] existiese, no estaría yo de nuevo en el mundo, superdotado de un talento precoz : estaría sufriendo una de esas condenas eternas que predican los curas, por haberme burlado de ese Omnipotente Barbudo.

¡ Qué risa[2] ! Cuando pienso en todos los supersticiosos que creen en esas paparruchas[3], me dan ganas de soltar[4] una interminable carcajada. Y, muy contento de iniciar una nueva etapa vital, me digo :

« Aquí estás de nuevo, como habías previsto con tu aguda inteligencia, pues[5] acertaste[6] al creer que nada se destruye : sólo se transforma. Aquí estás otra vez[7] con los ojos bien abiertos, contemplando este mundo circundante que te resulta[8] familiar. »

Y recorro con la vista, muy satisfecho, todo lo que me rodea : las sillas, la mesa... También hay en la habitación una gran ventana, que examino atentamente. Y una puerta.

Cuando vuelvo los ojos hacia la puerta veo que su picaporte gira y que empieza a abrirse. La abertura se amplía poco a poco. Y cuando alcanza la amplitud suficiente para permitir el paso a una persona, entra por ella una mujer. Es gruesa[9], grandota[10] y ordinaria. Parece una cocinera, pero pienso que quizá sea mi nodriza. Recuerdo que en mi vida anterior los padres que me correspondieron[11] entonces también contrataron[12] a una mujerona[13] para que me criara[14].

---

1. **de veras :** *sérieusement.* Ici : *vraiment ;* **entre bromas y veras** : *mi-figue, mi-raisin.*
2. **¡ Qué risa !** m. à m. : *quel rire !* Ici : *que c'est drôle !*
3. **esas paparruchas :** le démonstratif **esas** est péjoratif ici : *ces blagues, ces balivernes-là.* **Ese tío** : *ce type-là.*
4. **soltar :** *lâcher, détacher ;* **soltar una carcajada** : *partir d'un éclat de rire ;* **reír a carcajadas** : *rire aux éclats.*
5. **pues :** conjonction causale, ici : *car.* Sert aussi à introduire une remarque : **pues, señores...** : *eh bien, messieurs.* Une conclusion : **dime, pues, lo que pasa** : *dis-moi donc ce qu'il se passe.*
6. de **acertar :** *voir juste, trouver, réussir ;* **acertó con la solución** : *il trouva... ;* **acertijo** : *devinette ;* **acierto** : *réussite, trouvaille.*
7. ou : **aquí estás de nuevo** : *tu es ici à nouveau, une autre fois,* d'où : *te revoilà.*

N'est-ce pas là la preuve définitive de ce que Dieu est un mythe pour cerveaux sous-développés ? S'il existait vraiment, je ne serais pas à nouveau de ce monde, doté d'un talent précoce ; je serais en train de subir une de ces condamnations éternelles que prêchent les curés, pour m'être moqué de ce Tout-Puissant Barbu.

Quelle blague ! Quand je pense à tous les superstitieux qui croient à ces fariboles, cela me donne envie de partir d'un éclat de rire qui n'en finira pas ! Et moi, très content de commencer une nouvelle étape vitale, je me dis :

« Tu es là à nouveau, comme ton intelligence perçante l'avait prévu ; en effet tu as vu juste en croyant que rien ne se détruit, mais se transforme seulement. Tu es là à nouveau, les yeux bien ouverts, en train de contempler ce monde environnant qui t'est familier. »

Et je parcours des yeux, très satisfait, tout ce qui m'entoure : les chaises, la table... Il y a aussi dans la pièce une grande fenêtre, que j'examine attentivement. Et une porte.

Lorsque je tourne les yeux vers la porte, je vois que sa poignée tourne et qu'elle commence à s'ouvrir. L'ouverture s'agrandit peu à peu. Et lorsqu'elle atteint la largeur suffisante pour permettre le passage d'une personne, une femme entre. Elle est grosse, plutôt grande et ordinaire. Elle ressemble à une cutsinière, mais je pense que c'est peut-être ma nourrice. Je me souviens de ce que dans ma vie antérieure les parents que j'ai eus alors engagèrent aussi une matrone pour m'élever.

---

8. **resultar :** très courant pour : *être,* sens de « *s'avérer* ». **Résultó herido en un accidente :** *il fut blessé dans un accident.* **Resulta que... :** *il se trouve que...* **De eso resulta que... :** *il ressort de cela que...*
9. **gruesa :** *forte ;* **gorda** : *grosse.*
10. augmentatif familier de **grande.**
11. **corresponder :** *revenir, être à ;* **esto te corresponde** : *cela te revient.* **A mi no me corresponde hacerlo** : *ce n'est pas à moi de le faire.* Dans notre contexte, sens de *hasard, sort : les parents que la vie m'a donnés.*
12. **contratar :** *engager, embaucher. Passer un contrat avec...* **contratista** : *entrepreneur.*
13. augmentatif péjoratif de **mujer** : sens de *matrone.*
14. **criar :** *allaiter, nourrir, élever* **(niño o animal). La cría :** *l'élevage, le petit* (d'un animal).

Deduzco por lo tanto[1] que ésta no es una cocinera, como parece, sino mi ama de cría[2]. Y me quedo inmóvil, observándola con curiosidad.

Mi agudeza[3] intelectual me hace adivinar que se dirigirá hacia mí haciéndome carantoñas[4]. Eso es lo que suelen hacer todas las nodrizas. Y espero sonriendo a que estos hechos se produzcan, con la superioridad de haberlos adivinado antes de producirse.

La mujerona, en efecto, se dirige al lugar que ocupo en la habitación. Pero al verme, en lugar de las carantoñas previstas, se pinta en su rostro[5] una mueca de desagrado[6].

— ¡ Qué asco[7] de cocina ! — exclama mirándome con repugnancia —. ¡ Otra cucaracha[8] !

Quedo tan perplejo al oír esto, que permanezco quieto[9] y anonadado[10] mientras la cocinera levanta sobre mí su gigantesco pie. Cuando reacciono, corro con todas mis patas[11] a refugiarme en una rendija del zócalo[12]. Pero ya es demasiado tarde : la enorme suela[13] del zapato cae sobre mi cuerpo y empieza a aplastarme[14]...

---

1. **por lo tanto :** *par conséquent, donc,* attention : *pourtant :* **sin embargo.**
2. *nourrice ;* **ama de casa** : *maîtresse de maison ;* **ama de llaves** (clés) : *gouvernante.*
3. de **agudo,** *perspicacité, vivacité, mordant, trait de l'esprit.*
4. *minauderies, cajoleries.*
5. *visage :* **cara.**
6. m. à m. : *« une grimace de contrariété » ;* d'où : *de répugnance.*
7. **asco :** *dégoût.* **¡ Da asco !** : *c'est dégoûtant !* **le tengo asco** : *il me dégoûte.*
8. *cafard.*
9. *tranquille, sans bouger.* **Estarse quieto** : *se tenir tranquille.*

J'en déduis donc que ce n'est pas une cuisinière, malgré les apparences, mais ma nourrice. Et je reste immobile, en l'observant avec curiosité.

Mon acuité intellectuelle me fait deviner qu'elle doit se diriger vers moi en me faisant des cajoleries. C'est ce qu'ont coutume de faire toutes les nourrices. Et j'attends en souriant que ces faits se produisent, avec la supériorité de les avoir devinés avant qu'ils ne se produisent.

La matrone, en effet, se dirige vers l'endroit que j'occupe dans la pièce. Mais en me voyant, au lieu des cajoleries prévues, se dessine sur son visage une moue de désagrément.

— Quelle saleté de cuisine ! s'exclame-t-elle en me regardant avec répugnance. Un autre cafard !

Je reste si perplexe en entendant cela, que je demeure immobile et anéanti, tandis que la cuisinière lève sur moi son pied gigantesque.

Quand je réagis, je cours de toutes mes pattes me réfugier dans une fente de la plinthe. Mais il est trop tard : l'énorme semelle de la chaussure tombe sur mon corps et commence à m'écraser...

---

10. ici, *atterré.*
11. Fait penser à « **con todas mis fuerzas** » : *de toutes mes forces.*
12. m. à m. : « *fente de la plinthe.* ».
13. **la suela :** *la semelle ;* **suelas de cuero :** *semelles en cuir.*
14. **aplastar :** *écraser, aplatir ;* **aplastamiento :** *écrasement.*

Alfonso SASTRE

Estrépito y resplandor

Fracas et éblouissement

Né à Madrid en 1926, il a surtout écrit pour le théâtre : *Uranio 235*, *Escuadra hacia la muerte*, *La Mordaza*, *Tierra roja*, *La Taberna fantástica* (1966), *Ejercicios de terror* (1970), *El Camarada oscuro* (1972).

Il a publié également des essais : *Drama y sociedad*, *Anatomía del realismo*, des adaptations de *Médée* d'Euripide, *La Dama del mar* (Ibsen) ou des pièces de théâtre pour enfants : *Historia de una muñeca abandonada*.

Il fait partie des premiers auteurs ayant participé avec Buero Vallejo à la renaissance du théâtre espagnol, après le long silence qui a suivi la guerre civile.

Como se sabe, yo soy uno de los trescientos dos supervivientes [1] de Madrid, ciudad que en el momento de la Explosión contaba — según el último censo — con 2.324.403 habitantes. Mi foto ha circulado profusamente ; no voy a insistir en ello.

Lo que sí [2] me divierte recordar ahora — en que la vida se me apaga [3] por causa de las radiaciones y no tengo otro placer que mis recuerdos — es una anécdota que me sucedió pocos días después de la catástrofe. Lo cuento como cosa pintoresca y, en cierto modo, cómica, pues es verdad que el humor es una planta extraña que surge hasta en las situaciones más trágicas y catastróficas.

Cuando yo volví en mí [4], estaba en un improvisado hospital que había montado en Vitoria [5] la Cruz Roja Suiza. En la cama de al lado dormitaba un señor cuyo aspecto [6] resultaba un poco extraño, por causa de algunos aparatos empleados en su tratamiento, entre los que recuerdo el balón de oxígeno, el manómetro, unas gafas negras — luego supe [7] que había perdido los ojos (no sólo la vista, entiéndase [8], sino también los órganos visuales) —, la pinza metálica en que terminaba su antebrazo derecho (el brazo izquierdo lo había perdido como consecuencia de la Explosión ; luego me enteré de [9] que seguía viviendo gracias a un corazón electrónico)... En este conjunto [10], una cosa me hizo gracia [11] ; en su boca brillaba un diente de oro. Pero no se trata de eso.

---

1. **superviviente :** *survivant ;* **sobrevivir** : *survivre.*
2. Cette construction avec **sí** renforce l'affirmation ou l'opposition. **Lo que sí me interesa es...** *ce qui m'intéresse en revanche.*
3. **apagar :** *éteindre.* Notez l'utilisation fréquente du pronom personnel espagnol à la place du possessif français ; **se le murió el marido** : *son mari est mort ;* **se me perdió la cartera** : *j'ai perdu mon portefeuille.*
4. **volver en sí :** *revenir à soi, reprendre connaissance.*
5. au Nord de l'Espagne, capitale administrative de la Région autonome basque.
6. *dont l'aspect...* **cuyo-a-os-as** : relatif *dont,* complément d'un nom ; **te hablo del hombre cuya familia...** *dont la famille ;* **el acontecimiento cuyos detalles no conocemos** : *l'événement dont nous ne connaissons pas les détails ;*

Comme on le sait, je suis un des deux cent trois survivants de Madrid, ville qui lors de l'Explosion comptait — selon le dernier recensement — 2 324 403 habitants. Ma photo a été largement diffusée ; je ne vais pas insister là-dessus.

Par contre, ce qui m'amuse maintenant, alors que ma vie s'éteint à cause des radiations, et que je n'ai d'autre plaisir que celui de mes souvenirs, c'est de me rappeler une anecdote qui m'est arrivée quelques jours après la catastrophe. Je le raconte comme quelque chose de pittoresque et, d'une certaine façon, comique, tant il est vrai que l'humour est une plante bizarre qui surgit même dans les situations les plus tragiques et les plus catastrophiques.

Lorsque je revins à moi, j'étais dans un hôpital improvisé que la Croix-Rouge suisse avait installé à Vitoria. Sur le lit d'à côté somnolait un homme dont l'aspect paraissait un peu étrange, à cause de quelques appareils utilisés pour son traitement, parmi lesquels je me souviens du ballon d'oxygène, du manomètre, de lunettes noires — j'ai su par la suite qu'il avait perdu les yeux (non seulement la vue, comprenez-moi, mais aussi les organes visuels) —, la pince métallique par laquelle se terminait son avant-bras droit (il avait perdu le bras gauche à la suite de l'Explosion ; ensuite j'ai appris qu'il continuait à vivre grâce à un cœur électronique)... Dans tout cela, une chose m'amusa : une dent en or brillait dans sa bouche. Mais il ne s'agit pas de cela.

---

mais : **el hombre de quien (del cual) te hablo** : *l'homme dont je te parle.* Le relatif est ici complément du verbe.
7. **supe** (de **saber**) : *savoir, apprendre une nouvelle.*
8. **entiéndase** (de **entender**) : *comprendre.* Forme impersonnelle à l'impératif. m. à m. : *que l'on comprenne.*
9. **enterarse de :** voir note 7 ; **¡ para que te enteres !** : ça t'apprendra ! **¿ Te has enterado ?** *Tu le sais, es-tu au courant ?*
10. **conjunto :** (nom), *ensemble.* **Conjunto musical** ; mais, **lo haremos juntos (as)** : *nous le ferons ensemble.*
11. **hacer gracia :** *trouver drôle.* **No me hace (o no tiene) gracia** : *ce n'est pas drôle ;* **gracioso** : *drôle, amusant.*

Yo no podía moverme ; pues, como se sabe, había perdido los brazos y las piernas ; soy une cabeza (completamente calva como consecuencia de la intensa radiación que sufrí) y un tronco, en el que también faltan, no me avergüenza[1] decirlo, los órganos genitales. Así pues, sin moverme, hice un comentario en voz alta, por si[2] mi vecino quería conversar un poco para distraernos.

— Cuando yo oí el estrépito — dije — estaba en el Parque del Oeste leyendo tranquilamente una novela. Era una mañana deliciosa. ¡ Quién me iba a decir[3] que se avecinaba[4] una cosa tan horrible !

— ¿ Qué estrépito ? — oí la voz ronca y metálica de mi vecino ; evidentemente, le habían hecho una traqueotomía o algo parecido[5] (soy profano en la materia), pues la voz salía a través de un orificio de la garganta ; luego[6] me enteré de que defecaba por un ano artificial, que era una especie de tubo elástico, directamente enchufado[7] a una cloaca.

Me extrañaron sus palabras.

— El estrépito de la bomba — dije malhumoradamente[8] —. ¿ Qué estrépito va a ser[9] ?

Hubo un molesto[10] silencio.

— Yo vivía — dijo él roncamente — en las Ventas del Espíritu Santo.

— ¿ Qué quiere decir con eso ? — le interrogué.

— Era limpiabotas — suspiró, y del agujero de su garganta se escapó, silbante, un leve ronquido.

— ¿ Y ?

---

1. de **avergonzar** : *faire honte.* **avergonzarse de** : *avoir honte ;* **la vergüenza** : *la honte ;* **sin vergüenza** : *sans vergogne.* **¿ No le da vergüenza ?** : *ça ne vous fait pas honte ?* **¡ Qué poca vergüenza !** : *quel toupet !*

2. **por si** + indicatif : *au cas où* + conditionnel. **Por si acaso** : *au cas où...* **Por si acaso lo sabe** : au cas où il le saurait, si jamais il le sait.

3. m. à m. : « *qui allait me dire... ?* » ici, *qui aurait pu me dire ?* d'où : *qui pouvait imaginer... ?* **¿ Quién iba a creerlo ?** *Qui aurait pu le croire ?*

4. **avecinarse : acercarse, aproximarse - vecino** : *voisin.*

5. « *ou quelque chose de semblable* » **el parecido** : *la ressemblance ;* **parecer** : *paraître, sembler ;* **parecerse a** : *ressembler à quelqu'un ou quelque chose.*

6. **luego :** adv. : *après, ensuite.* Conjonction : *donc.*

Je ne pouvais pas bouger ; car, comme on le sait, j'avais perdu les bras et les jambes ; je suis une tête (complètement chauve en raison de l'intense radiation que j'ai subie) et un tronc, auquel manquent, je n'ai pas honte de le dire, les organes génitaux. Ainsi donc, sans bouger, je fis un commentaire à haute voix, au cas où mon voisin voudrait converser un peu pour nous distraire.

— Lorsque j'ai entendu le fracas, dis-je, je me trouvais dans le Parc de l'Ouest, en train de lire tranquillement un roman. C'était une matinée délicieuse. Qui aurait pu dire qu'une chose aussi horrible allait se produire !

— Quel fracas ? — J'entendis la voix rauque et métallique de mon voisin ; évidemment, on lui avait fait une trachéotomie ou quelque chose de semblable (je suis profane en la matière), car la voix sortait à travers un orifice de sa gorge ; je sus ensuite qu'il déféquait par un anus artificiel, qui était une sorte de tube élastique, directement relié à un égout.

Ses paroles m'étonnèrent.

— Le fracas de la bombe, dis-je, de mauvaise humeur. De quel fracas voulez-vous qu'il s'agisse ?

Il y eut un silence tendu.

— J'habitais, dit-il d'une voie rauque, le quartier de Ventas del Espiritu Santo.

— Que voulez-vous dire par là ? lui demandai-je.

— J'étais cireur de chaussures, soupira-t-il, et du trou de sa gorge un léger ronflement s'échappa, en sifflant.

— Et alors ?

Pienso, luego existo : *Je pense, donc je suis ;* **luego te veo** : *je te vois plus tard.* ¡ **Hasta luego** ! *à tout à l'heure ;* **desde luego** : *évidemment, bien entendu.*

7. de **enchufar** : *brancher ;* **el enchufe** : *la prise de courant,* mais aussi, *le « piston »*. **Enchufar a alguien** : *pistonner quelqu'un.*

8. adverbe de manière, de **malhumor** : *mauvaise humeur ;* **el humor** : *l'humeur, l'humour.*

9. m. à m. : *« Quel fracas ça va être ? »* mais dans un contexte d'énervement, *colère, étonnement,* etc. et toujours sous la forme interrogative : *quel fracas voulez-vous que ce soit ?* ¿ **Quién va a venir** ? *qui va venir ?* mais aussi : *qui veux-tu (voulez-vous) qui vienne ?*

10. **molesto :** ici : *gênant, tendu ;* **ser molesto** : *être gênant ;* **estar molesto** : *être gêné* (état) ; **molestar** : *déranger ;* **molestarse** : *se déranger et se vexer.*

— Había ido a los pinos de Canillejas esa mañana cuando, de pronto, me cegó[1] el resplandor — musitó el vecino, cuya desmedrada[2] vitalidad se advertía[3] en el esfuerzo que le costaba[4] dialogar conmigo.

— ¿ El resplandor ? ¿ De qué ? — le pregunté con cierta insolencia.

— De la bomba — me contestó sin inmutarse, con un chasquido[5] desagradable.

— Se hizo una oscuridad absoluta — le expliqué, paciente — al tiempo que[6] se oía el enorme ruido de la explosión atómica.

— ¡ Un resplandor enorme — me replicó con ira[7] — y un perfecto silencio ! Eso fue lo extraño[8] : que todo empezó a vacilar sin que se oyera[9] ruido alguno.

Creí que se burlaba[10] de mí o que su cerebro también había sido afectado por la bomba.

Esta es, en suma, la pintoresca anécdota. Como se ve, su carácter cómico estriba[11] en que ni mi vecino ni yo, en aquellos momentos, sabíamos que las dimensiones y diferencias de las longitudes de onda (sonora y luminosa) ocasionan ese fenómeno (que — según he sabido después — ya fue observado de modo parecido en Hiroshima) de que en los lugares más próximos al lugar en que cae la bomba — en este caso fue Torrejón de Ardoz[12] — se percibe un silencioso resplandor, mientras que, a partir de cierto radio, se siente un gran estrépito y caen sobre el mundo las tinieblas.

---

1. de **cegar** : *aveugler ;* **la ceguera o la ceguedad** : *cécité* ou (fig.), *aveuglement.*
2. **desmedrado (a) :** *chétif (ive) ;* **desmedrar** : *décliner, dépérir.* **La producción ha desmedrado mucho** : *la production a beaucoup baissé.*
3. de **advertir** : ici, *remarquer, observer.* **Te lo advierto** : *je te préviens* (sens de « *je te mets en garde* »).
4. **costar :** *coûter,* mais aussi très courant pour : *avoir du mal à...* **Me cuesta creerlo** : *j'ai du mal à le croire.*
5. « *claquement* », sous-entendu : de la *langue* **(lengua).**
6. ou : **al mismo tiempo que, a la vez que...** *au même moment que...*
7. **la ira :** *la colère ;* **iracundo** : *coléreux, irascible.*
8. **extraño :** *étrange, bizarre.* **Extrañar** : (transitif) ; *étonner ;* **eso me extraña** : *cela m'étonne.* **Extrañar una situa-**

— J'étais allé dans la pinède de Canillejas, ce matin-là, lorsque, tout à coup, je fus aveuglé par l'éblouissement, murmura mon voisin, dont on remarquait la vitalité diminuée aux efforts qu'il faisait pour dialoguer avec moi.

— L'éblouissement ? Quel éblouissement ? lui demandai-je avec une certaine insolence.

— De la bombe, me répondit-il sans s'émouvoir, avec un désagréable claquement de la langue.

— Une obscurité complète se produisit, lui expliquai-je patiemment, au moment même où l'on entendit l'énorme bruit de l'explosion atomique.

— Une lueur énorme, me répondit-il avec colère, et un silence total ! Ce qui fut étrange, c'est que tout commença à trembler sans qu'on entendît le moindre bruit.

Je crus qu'il se moquait de moi ou que son cerveau avait été aussi atteint par la bombe.

Voilà — en somme — l'anecdote pittoresque. Comme on le voit, son aspect comique provient de ce que ni mon voisin ni moi, à ce moment-là, nous ne savions que les dimensions et les différences des longitudes d'onde (sonore et lumineuse) provoquent ce phénomène (qui — comme je l'ai su ensuite — a déjà été observé de la même façon à Hiroshima) qui veut que dans les endroits les plus proches du lieu où tombe la bombe — et dans ce cas ce fut à Torrejón de Ardoz — on perçoit un éblouissement silencieux, tandis que, à partir d'un certain rayon, on entend un grand fracas et que les ténèbres s'abattent sur la terre.

---

ción, algo : *ne pas être habitué.* **Extraño esta casa :** *je ne me fais pas à cette maison.*

9. **sin que se oyera (oír) :** *sans que l'on n'entendît.* La construction au passé entraîne obligatoirement le subj. imp. Au prés. : **todo empieza a vacilar sin que se oiga...**

10. **burlarse de :** *se moquer de ;* **la burla :** *la moquerie, la tromperie.* **Entre burlas y veras :** *en plaisantant à moitié, mi-figue, mi-raisin.*

11. **estribar :** *s'appuyer sur ;* figuré : *se trouver, résider.* **La dificultad estriba en que no hay soluciones ideales :** *la difficulté réside dans le fait que (vient de ce que)...*

12. **Torrejón de Ardoz :** petite ville à proximité de Madrid où est implantée une importante base militaire américaine depuis 1953. Les autres noms propres [sauf Hiroshima et Vitoria(!)] sont des quartiers ou des parcs madrilènes.

Nuestra ignorancia produjo esta cómica situación que hoy me he complacido en[1] recordar, y que no tuvo peores consecuencias porque ni él ni yo — permítaseme[2] que termine con esta chistosa[3] frase — podíamos, por razón de nuestras mutilaciones, llegar a las manos.

---

1. **complacerse en :** *se complaire à ;* **me complazco en anunciar... :** *je suis heureux, j'ai le plaisir d'annoncer...*
2. **permítaseme :** 3ᵉ pers. de l'imp., d'où l'enclise des deux pronoms : **que se me permita** : *que l'on me permette de...*
3. **chistoso(a) :** *drôle, spirituel ;* **un chiste** : *bon mot, une histoire drôle.* Il est presque superflu de souligner que la phrase « **ni él ni yo podíamos... llegar a las manos** » n'est pas si « **chistosa** »...

Notre ignorance provoqua cette situation comique que j'ai eu plaisir à rappeler aujourd'hui, et qui n'eut pas de conséquences plus graves parce que ni lui ni moi — permettez-moi de terminer par cette facétie — nous ne pouvions, en raison de nos mutilations, en venir aux mains.

Carmen LAFORET

El aguinaldo [1]

Les étrennes

Née à Barcelone en 1921. Son roman le plus connu, *Nada,* a obtenu le prix Nadal en 1944, et le prix Fastenrath en 1948. Elle est également l'auteur de *La Isla de los demonios, La Mujer nueva* (prix Menorca en 1955, Prix National de Littérature, en 1956), et d'une trilogie intitulée *Tres pasos fuera del tiempo.*

Elle est l'un des représentants les plus connus de sa génération, tant en Espagne qu'à l'étranger.

El día de Navidad casi no amaneció[2] sobre aquella ciudad pequeñita, fría, completamente aplastada por un cielo gris. A las diez de la mañana, en casa del doctor López-Gay se veía brillar la luz eléctrica de los cristales de algunas ventanas.

La casa del doctor era un chalet[3] muy bonito, con un gran jardín, donde solían jugar[4] dos o tres niños rubios[5]. Aquellos días de Navidad la casa se llenaba de huéspedes[6]. Venían de un pueblo cercano el padre y las hermanas del doctor, y desde Madrid la madre y el hermano de la señora del doctor. Un hermano muy jovial que hacía chistes con las solteronas[7] López-Gay, y una madre demasiado joven y elegante para ser ya la abuela de aquellos niños juguetones, y que causaba cierta sensación en la ciudad.

Este año no había venido el joven chistoso, y las señoritas López-Gay le echaron mucho de menos[8] durante la cena celebrada[9] después de la misa del gallo[10] y que había sido espléndida, como siempre. Había venido sola Isabel ; la madre, esbelta y elegante, que aún lo parecía más en contraste con su hija Margarita, próxima a traer al mundo un nuevo retoño[11]... Y que — todo hay que decirlo — era un poco despectiva[12] con sus parientes políticos[13].

A las diez y media, el chófer del doctor llegó con el automóvil frente a la verja.

---

1. *Les étrennes :* en Espagne, on les donne le jour de Noël ou la veille.
2. **amanecer** (de **mañana**) : *voir le jour, faire jour.* **Amanece tarde en invierno** : *le jour se lève tard en hiver ;* **el amanecer** : *lever du jour.*
3. **chalet :** *villa* et *chalet.*
4. **soler** + inf. : *faire d'habitude, souvent ;* **suele venir los domingos** : *il vient généralement le dimanche.*
5. **rubios :** *blonds.* La précision n'est pas gratuite.
6. **huésped (es) :** *hôte, invité.* **El anfitrión** : *l'hôte* (celui qui reçoit). **Casa de huéspedes** : *pension de famille.*
7. **solterón (solterona) :** de **soltero (a)** : *célibataire.* L'augmentatif « **ón, ona** » est péjoratif, d'où : *vieux garçon, vieille fille.*
8. **echar de menos :** *regretter, manquer.* **Echaba mucho de menos aquellos tiempos** : *cette époque lui manquait* (il

A Noël, le jour ne se leva presque pas sur cette toute petite ville, complètement écrasée par un ciel gris. A dix heures du matin, chez le Docteur Lopez-Gay, on voyait briller la lumière électrique aux vitres de quelques fenêtres.

La maison du docteur était une très jolie villa, avec un grand jardin, où avaient l'habitude de jouer deux ou trois enfants blonds. A cette époque de Noël, la maison se remplissait d'invités. Le père et les sœurs du docteur venaient d'un village voisin, et la mère et le frère de la femme du docteur venaient de Madrid. C'était un frère très gai qui plaisantait avec les vieilles filles de la famille Lopez-Gay, et c'était une mère trop jeune et trop élégante pour être déjà la grand-mère de ces enfants joueurs, et qui faisait sensation en ville.

Le jeune plaisantin n'était pas venu cette année, et il manqua beaucoup aux demoiselles Lopez-Gay pendant le repas servi après la messe de minuit et qui, comme toujours, avait été splendide. Isabel était venue seule ; cette mère, svelte et élégante, qui le paraissait encore plus par contraste avec sa fille Margarita, bientôt sur le point de mettre au monde un nouveau rejeton... Cette mère qui, pour tout avouer, était un peu méprisante avec la belle-famille de sa fille.

A dix heures et demie, le chauffeur du docteur arriva avec l'automobile devant la grille.

---

en avait la nostalgie) ; *regretter* une action, un fait : **sentir, lamentar ; lo siento** : *je regrette, je suis désolé.*

9. *célébrer.* Mais aussi : **celebrar un cumpleaños** : *fêter un anniversaire.* **La reunión se celebró sin incidentes** : *la réunion eut lieu (se tint) sans incident.*

10. m. à m. : *la messe du coq ;* ici : *la Messe de minuit.*

11. ppre et fig. : *rejeton ;* **retoñar** : *repousser, bourgeonner.*

12. **despectiva** ou **despreciativa** : *méprisante ;* **despreciar** : *mépriser.*

13. *parents par alliance ;* **los padres** : *parents* (père et mère).

Era uno de los pocos chóferes uniformados que existían en la ciudad, y contribuía en mucho[1] al prestigio de hombre adinerado de que gozaba López-Gay.

El chófer atravesó el jardín, húmedo y triste aquel día, y rodeó la casa para entrar por la cocina. Le dio un vaho[2] cálido en la cara cuando empujó la puerta de la cocina desde el pequeño vestíbulo, y se encontró el espectáculo que esperaba : una cocinera atareada[3] ya, con la cara encendida por el calor de la lumbre[4], y una ayudanta, llegada para la ocasión, completamente aturdida[5] por las órdenes de la otra.

— ¿ Ya estás aquí ?... Mariquilla[6], di que avisen a la señora de Madrid[7] que ya está el chófer para ir al hospital.

— ¿ A la señora de Madrid ? ¿ No va doña Margarita a repartir los aguinaldos[8] ?

— No, hijo. Con eso del estado interesante[9], dice que no puede soportar ir a esa sala del doctor... Lo estuvieron discutiendo[10] ayer mismo[11], y doña Isabel se ofreció[12]... Yo creo que a don Julio no le hizo gracia, porque ya se sabe lo mucho que se criticó en esta casa el año pasado a la mujer del doctor Pinto, que mandó[13] una criada con los dulces a la sala de su marido... Pero, mira, ha tenido que tragárselo[14] el pobre don Julio, como se traga tantas cosas...

---

1. **En mucho** : *de beaucoup, largement, de loin.* **Tener en mucho** : *tenir en grande estime.* **¡ Ni mucho menos !** *Loin de là !*
2. **vaho** : Le dio en la cara : *frappa son visage.* **Me dan ganas de...** : *l'envie me prend de...*
3. *affairée, occupée ;* **atarearse** : *s'affairer.*
4. **la lumbre** : *le feu* (de cuisine ou de bois) ; **al amor de la lumbre** : *au coin du feu.*
5. *étourdie, abasourdie.*
6. dim. courant de **María**.
7. **la señora de Madrid** : **doña Isabel**, est bien la mère de **doña Margarita** la maîtresse de maison.
8. **repartir los aguinaldos** : sous-entendu, **al hospital** : m. à m. *distribuer les étrennes.* Il s'agit, pour le docteur, responsable d'une salle... commune, d'aller, accompagné de Madame, distribuer des cadeaux à ses malades à l'occasion des fêtes de Noël.

C'était un des rares chauffeurs de la ville à porter l'uniforme et il contribuait beaucoup au prestige d'homme aisé dont jouissait Lopez-Gay.

Le chauffeur traversa le jardin, humide et triste ce jour-là, et il fit le tour de la maison pour entrer par la cuisine.

Une vapeur chaude le prit au visage quand il poussa la porte de la cuisine depuis le petit vestibule, et il trouva le spectacle qu'il attendait : une cuisinière déjà affairée, au visage rougi par la chaleur du feu, et une aide, venue pour l'occasion, complètement étourdie par les ordres de l'autre.

— Tu es déjà là ? Ma petite Marie, fais prévenir la dame de Madrid que le chauffeur est prêt pour aller à l'hôpital.

— La dame de Madrid ? Ce n'est pas doña Margarita qui va distribuer les étrennes ?

— Non, mon petit. Vu son état intéressant, elle dit qu'elle ne peut pas supporter de se rendre dans cette salle du docteur... Ils en ont parlé justement hier et doña Isabel s'est proposée... Je crois bien que cela n'a pas fait plaisir à don Julio, parce qu'on sait bien combien on a critiqué ici l'an dernier la femme du docteur Pinto qui avait envoyé une bonne avec les friandises dans la salle de son mari... Mais, vois-tu, le pauvre don Julio a dû s'y faire, comme il se fait à tant de choses...

---

9. *« état intéressant » : femme enceinte.*
10. **discutir algo :** *en parler, discuter sur quelque chose.*
11. m. à m. : *hier même.* Ici : *justement hier ;* **el mismo** : *le même ;* lo **mismo** : *la même chose, pareil ; même si :* **aunque.**
12. **se ofreció :** sous-entendu : **« para ir al hospital »** (à la place de sa fille enceinte...)
13. **mandar :** ici : *envoyer.* **Mandar hacer** : *faire faire.* **Mandar en casa** : *il (elle) commande à la maison ;* **el mando** : le commandement.
14. **tragarse algo :** *avaler quelque chose ; engloutir.* **Se lo tragó el mar** : *englouti par la mer.*

La señora de Madrid ha dicho que era un crimen obligar a su hija a ver esos espectáculos estando como está, y además ha dicho que esto de [1] las costumbres provincianas de hacer todos lo mismo siempre, y en el mismo día, era una verdadera bobada, que los dulces se podían mandar con un criado a la sala de las tontas, porque a las tontas lo mismo les daba [2], y, en cambio, su hija Margarita se sentía enferma sólo de pensar en verlas a ellas [3]...

Y después de decir todo esto, como don Julio se puso colorado [4] como un tomate y dijo que estaba en juego su prestigio, doña Isabel dijo que si el prestigio de su yerno [5] dependía de una tontería tan grande, iría ella misma... Y va. De modo que es a ella a quien llevas [6]... Y, por más señas [7], ya te puedes ir hacia el « auto », porque esa señora todo lo hace de prisa, y a lo mejor [8] llega antes que tú [9] y te tiene que abrir ella la portezuela.

— No estaría malo, mujer... Vaya [10], adiós...

El chófer todavía se reía al recordar las expresiones y la charla de la cocinera cuando abrió la portezuela del « auto » para que subiese Isabel [11].

La cocinera había subrayado mucho los acentos de la conversación y los gestos de los labios para explicar cómo la « señora de Madrid » y el yerno « estaban de punta » [12].

---

1. **eso de :** *cette histoire, manie, affaire.* **Por eso** : *c'est pourquoi.*
2. *ça leur était égal.* **Me da lo mismo (igual)** : *ça m'est égal.*
3. **a ellas :** a las tontas...
4. **ponerse colorado :** *devenir rouge,* d'où : *rougir.*
5. **yerno** ou **hijo político :** *gendre.*
6. **es a ella a quien llevas :** *c'est elle que tu amènes.* Prép. a devant un compl. dct. de pers. ; *c'est moi qu'il cherche :* **es a mí a quien busca.** *C'est... que* ou *qui* (sujets ou compl.) : *c'est vous qui le dites :* **es usted quien lo dice** (**quien** sujet) ; *c'est à moi qu'il parle :* **a mí es a quien habla** (**quien** compl. de pers.) ; attention : *c'est moi, c'est toi, c'est lui :* **soy yo, eres tú, es él.**
7. **por más señas :** *pour plus de détails... pour être plus précis...* **Las señas, la dirección** : *l'adresse* (domicile).

La dame de Madrid a dit que c'était un crime d'obliger sa fille à voir de tels spectacles dans son état, et de plus elle a dit que cette habitude provinciale, que tout le monde a de faire la même chose, et le même jour, était une véritable sottise, que l'on pouvait faire porter les friandises par un valet à la salle des simples d'esprit, parce que pour les simples d'esprit, cela leur était égal, et que par contre, sa fille Margarita était malade rien qu'à l'idée de les voir.

» Et après avoir dit cela, comme don Julio était devenu rouge comme une tomate et avait dit que son prestige était en jeu, doña Isabel dit que si le prestige de son gendre dépendait d'une si grande bêtise, elle irait elle-même... Et maintenant elle y va. De sorte que c'est elle que tu conduis... Et pour être plus précis, tu peux déjà te rendre à l'« auto », parce que cette dame fait tout en vitesse, et si ça se trouve, elle va arriver avant toi et c'est elle qui devra t'ouvrir la portière...

— Il ne manquerait plus que ça ! Allez, au revoir...

Le chauffeur riait encore en se rappelant les expressions et le bavardage de la cuisinière quand il ouvrit la portière de l'« auto » pour faire monter Isabel.

La cuisinière avait beaucoup souligné les aspects de la conversation et les mouvements des lèvres pour expliquer comment « la dame de Madrid » et le gendre « étaient en froid ».

Hacer señas : *faire des signes.* **Señas de identidad** : *signalement, « signes » d'identité.*

8. **a lo mejor** + indicatif : *peut-être, il se peut que...*

9. **antes que tú :** *avant toi* (que toi tu n'arrives) donc **« tú »**, pron. sujet. *Avant la fin :* **antes del final** mais (connotation de priorité, ordre, classement...) **acabarás antes que yo :** *tu finiras avant moi.*

10. **vaya :** très usuel pour : *enfin, bon, tiens !,* etc., suivant le contexte.

11. Remarquez la concordance verbale : **abrió... para que subiera (subiese).** Au prés. et au fut. : **abre, abrirá... para que suba.**

12. **« estar de punta » :** *être en froid* (situation tendue). **Estar enfadados, reñidos :** *être brouillés.*

Juana, la doncella[1], entregó un gran paquete al chófer y él lo colocó en el asiento delantero, junto al volante. « Los dulces », pensó...Y echó una ojeada a la señora. A él también le asombraba que[2] aquella mujer fuese una abuela... Era muy guapa, y casi joven. Tenía los ojos claros y la boca muy bonita... Pero, sobre todo, sus piernas esbeltas eran las de una muchacha, y su estatura[3], y su manera de caminar... Había algo en ella más joven que en su misma hija cuando uno[4] no se fijaba demasiado en su cutis[5].

El chófer apenas pudo verla ahora, enfundada en un abrigo de piel, con un sombrerito muy sencillo, mirando hacia la ventanilla. Aquella luz del día no le favorecía ; su cara parecia más dura y triste que de costumbre.

— ¿ Ya sabe adónde vamos ?

— Sí, señora.

Isabel estaba pasando un ataque de melancolía. De un tiempo a aquella parte[6] encontraba la vida sin sentido, y estos ataques se repetían con cierta frecuencia.

« Tiene que ser algo físico — pensaba —. No es posible que un estado de ánimo lé coja a una[7] por la garganta como una mano, y la doble así, hacia el suelo... Tengo que ir a un médico... Pero ¿ qué voy a explicarle ?... ¿ A un psicoanalista quizá ?... »

La boca de Isabel se curvó en una sonrisa burlona. Suspiró :

---

1. **doncella :** ici, *femme de chambre.* Dans un hôtel : **camarera** ; aussi : *jeune fille, pucelle.*
2. **a él también le asombraba que :** *lui aussi, il était étonné que ;* même construction que « **gustar** ». **A él le gustaba que** : *il aimait que...* concordance ; cf. note 11, p. 37.
3. **la estatura :** *la taille, hauteur* d'une personne ; **el talle** : *la taille* (ceinture).
4. **uno :** *on ;* la traduction de « *on* » par **se** est impossible ici, car il y a verbe pronominal : **fijarse en** *(observer, regarder de près) ;* **uno,** en outre, permet à celui qui parle de « s'inclure » dans l'action exprimée par le verbe : **¡ Uno, una no puede decir nada en esta casa** ! *on ne peut rien dire dans cette maison !*
5. **el cutis :** *la peau du visage.*

Juana, la femme de chambre, remit un grand paquet au chauffeur qu'il plaça sur le siège avant, près du volant. « Les friandises », pensa-t-il... Et il jeta un coup d'œil à la dame. Lui aussi était stupéfait par le fait que cette femme fût une grand-mère... Elle était très jolie, et presque jeune. Elle avait les yeux clairs et une très jolie bouche... Mais, surtout, ses jambes sveltes étaient celles d'une jeune fille, ainsi que sa stature et sa démarche... Il y avait chez elle quelque chose de plus jeune que chez sa propre fille quand on ne faisait pas trop attention à son visage.

Le chauffeur put à peine la voir cette fois-ci, couverte d'un manteau de fourrure, avec un petit chapeau très simple, regardant vers la glace de la voiture. Cette lumière du jour ne lui était pas favorable ; son visage semblait plus dur et plus triste que d'habitude.

— Vous savez où l'on va ?

— Oui, Madame.

Isabel traversait une crise de mélancolie. Depuis quelque temps, elle ne trouvait plus de sens à la vie, et ces crises se répétaient avec une certaine fréquence.

« Ce doit être quelque chose de physique, pensait-elle. Ce n'est pas possible qu'un état d'âme vous prenne à la gorge comme le ferait une main et vous fasse, ainsi, fléchir vers le sol... Il faut que j'aille voir un médecin. Mais, que vais-je lui expliquer ? un psychanalyste peut-être ? »

La bouche d'Isabel se plissa en un sourire moqueur. Elle soupira :

---

6. ou, au prés., **de un tiempo a esta parte** : *depuis un certain temps.*

7. **« le coja a una » (a uno)** : *vous prenne ; « vous »,* impersonnel = **uno (a). Cuando uno está cansado...** : *quand vous êtes (on est) fatigué...*

« Tengo años y nada más que[1] años... La vida me ha dado todo lo que tenía que darme ya, y cuando miro hacia atrás[2] la encuentro un poco vacía... Nada de lo que he hecho hasta ahora me convence... Nada me ha llenado del todo[3]. Los enamoramientos[4] se pasan. Los hijos crecen y la decepcionan a una[5]... »

Hizo un gesto[6]. Abrió su bolso. Iba a encender un pitillo[7], pero recordó el ruego de Margarita de que se abstuviese de hacerlo en la calle, mientras estuviese allí[8].

— Llama mucho la atención, y vas a estar tan pocos días, que bien puedes...

Podía. Cerró el bolso. Frunció el ceño[9] al recordar lo aterrada que vivía Margarita[10] entre[11] el qué dirán de la ciudad. Margarita, a quien ella había educado para ser libre e independiente como el aire. Margarita, con su carrera[12] universitaria, sus viajes sola al extranjero, su talento indudable de poeta... ¿ Indudable ? Margarita no había vuelto a escribir en todos aquellos años...

Sin embargo, Isabel se preciaba de[13] buena crítica, y sabía que su hija tenía aquel don... No era apasionada. El hijo, en cambio, un zoquete[14]. Pero ganaba dinero, y se había casado « bien ». Ahora estaría[15] celebrando las fiestas[16] en casá de los padres de su mujer... contento de liberarse de aquella costumbre de venir cada año a esta ciudad, a esta casa, y encontrarse frente a la aburrida familia política[17] de Margarita...

---

1. *et rien d'autre que...*
2. m. à m. : *vers derrière,* d'où *derrière moi :* **detrás de mí ; Atrás !** *en arrière !*
3. **del todo :** *tout à fait, complètement ;* négation : *pas du tout* = **en absoluto.**
4. **enamoramientos** ou **amores :** *amours, passions ;* **enamorarse** : *tomber amoureux.*
5. *et vous déçoivent, et vous en êtes déçue* **(a una...)** ; voir note 7, p. 39.
6. **gesto :** ici, *grimace :* **la mueca.**
7. **un cigarrillo, un cigarro :** *une cigarette ;* **un puro** : *un cigare* (c.-à-d., **un puro habano** : *un pur havane*).
8. *tant* (le temps) *qu'elle serait là.* **Mientras esté allí (aquí)** : *tant qu'elle (il) sera là-bas, ici.* **Mientras que** : *tandis que ;*

« C'est l'âge, rien d'autre, voilà ce que j'ai... La vie m'a déjà donné tout ce qu'elle avait à m'apporter, et quand je regarde en arrière je la trouve un peu vide... Rien de ce que j'ai fait jusqu'à présent ne me convainc... Rien ne m'a complètement comblée. Les amours passent. Les enfants grandissent et vous déçoivent... »

Elle fit une moue. Elle ouvrit son sac. Elle allait allumer une cigarette, mais elle se rappela la demande de Margarita de s'abstenir de le faire dans la rue, tant qu'elle serait là.

— Cela va attirer l'attention, et tu vas rester si peu de temps, que tu peux bien...

Elle pouvait. Elle ferma son sac. Elle fronça les sourcils en se rappelant combien Margarita vivait dans la terreur des qu'en-dira-t-on de la ville. Margarita, qu'elle avait élevée pour être libre et indépendante comme l'air. Margarita, avec ses études universitaires, ses voyages seule à l'étranger, son indéniable talent de poète... Indéniable ? Margarita n'avait plus écrit pendant toutes ces années...

Cependant, Isabel se piquait d'être un bon critique, et savait que sa fille avait bien ce don... mais elle n'était pas de parti pris. Son fils, par contre, était un âne. Mais il gagnait de l'argent, et il s'était « bien » marié. Il devait être en ce moment en train de passer les fêtes chez les parents de sa femme... heureux de se libérer de cette coutume de venir chaque année dans cette ville, dans cette maison, et de se retrouver face à l'ennuyeuse belle-famille de Margarita...

---

mientras : *pendant que.* **Mientras no cambies, yo no haré nada** : *tant que tu ne changeras pas, je ne ferai rien.*
9. **fruncir el ceño :** *froncer les sourcils ;* **las cejas** : *les sourcils.*
10. *A quel point (oh combien) Marguerite vivait « atterrée », angoissée...* **¡ Lo insoportable que es !** *qu'est-ce qu'il est insupportable !*
11. **entre :** *entre, parmi, au milieu.*
12. **carrera :** course (sports) ; *profession, études ;* **hacer una carrera** : *faire des études supérieures.*
13. **preciarse de :** *se vanter de, se flatter de* (**jactarse**).
14. sous-entendu : **era** (**un zoquete** : *un morceau de bois*) ; fig. : *cruche, gourde.*
15. **estaría :** conditionnel de possibilité : *il devait être...*
16. **fiestas de Navidad :** *fêtes de Noël.*
17. m. à m. : *famille politique, par alliance,* d'où : *belle-famille.*

El coche se había detenido. El chófer estaba esperando. Isabel sintió como un sobresalto al darse cuenta de [1] lo enorme y vetusto del edificio frente al que estaban. Se dio cuenta también, con cierto asombro, de que ésta era la primera vez [2] en su vida que iba a entrar en un hospital.

Justo, comenzaba a nevar [3] en el momento en que ella atravesaba la acera desde el coche. Un par de copos [4] muy leves le cayeron sobre el sombrero. « El hospital de esta ciudad es como todo en esta ciudad — pensó — : horrible. » No había allí silencio ni blancura. Paredes sucias, gentes extrañas, pobres, que bajaban y subían por las escaleras. Unos enfermeros poco amables al dar indicaciones [5]... No es que fueran poco amables con ella, pero sí con aquellas gentes que tenían permiso [6] para ver a sus familiares el día de Navidad.

Isabel se encontró, sin saber cómo, acogida [7] por una monjita [8].

— ¿ La mamá de la señora Gay ?... ¡ Quién lo diría !... Parece usted su hermana [9]. Venga por aquí : hay que atravesar el patio para llegar a la sala de las mujeres... Pasaremos delante de la capilla. ¿ No quiere entrar a ver el Nacimiento [10] ?

— Tengo un poco de prisa [11], hermana... ¡ Qué tristes deben de ser estas fiestas en un hospital ! ¿ Verdad ?

Isabel hablaba como para sí misma [12]. La hermana le sonrió.

— En todas partes está el Señor... En todas partes nace Él y eso es lo importante... ¿ No le parece [13] ?

— Sí... Es claro...

---

1. **darse cuenta de :** *se rendre compte, s'apercevoir.*
2. m. à m. : *c'était celle-ci, la première fois que... ;* d'où : *c'était là, la première fois...*
3. **nevar :** *neiger.* **La nieve** : *la neige.* **La nevada** : *la chute de neige.*
4. **copos :** *flocons* (de neige, de blé...), *touffe* (de laine).
5. m. à m. : *en donnant des indications ;* **los informes** : *les renseignements.* **Información** : *renseignements* (guichet ou bureau).
6. *congé, permission, autorisation.*
7. **acoger :** *accueillir, recevoir ;* **la acogida al 1er ministro :**

La voiture s'était arrêtée. Le chauffeur attendait. Isabel eut un sursaut en constatant combien le bâtiment en face duquel ils se trouvaient était énorme et vétuste. Elle se rendit compte aussi, avec un certain étonnement, que c'était la première fois qu'elle allait entrer dans un hôpital.

Justement, il commençait à neiger au moment où elle traversait le trottoir en venant de la voiture. Un ou deux flocons très légers tombèrent sur son chapeau. « L'hôpital de cette ville est comme tout dans cette ville, se dit-elle : horrible. » Il n'y avait là ni silence ni blancheur. Des murs sales, des gens bizarres, des pauvres qui descendaient et montaient les escaliers. Des infirmiers, peu aimables pour vous renseigner... Ce n'était pas qu'ils fussent peu aimables avec elle, — mais par contre ils l'étaient avec des gens qui avaient l'autorisation de voir leur famille le jour de Noël.

Isabel se retrouva, sans savoir comment, accueillie par une petite religieuse.

— Vous êtes la maman de Mme Gay ? Qui l'aurait dit ! On dirait que vous êtes sa sœur. Venez par ici ; il faut traverser le patio pour arriver à la salle des femmes... Nous passerons devant la chapelle. Vous ne voulez pas entrer pour voir la crèche ?

— Je suis un peu pressée, ma sœur... Que ces fêtes doivent être tristes dans un hôpital ! N'est-ce pas ?

Isabel parlait comme pour elle-même. La sœur lui sourit :

— Le Seigneur est partout... Il naît partout et c'est ce qui est important... Ne croyez-vous pas ?

— Oui, bien sûr...

---

l'accueil du Premier ministre. **Un hombre acogedor** : *un homme accueillant.*

8. diminutif de « **monja** » : *nonne, bonne sœur ;* **el monje** : *le moine.*

9. m. à m. : *vous semblez (être) votre sœur ; on dirait votre sœur.* **Se parece usted a su hermana** : *vous ressemblez à votre sœur.*

10. **el nacimiento** (de **nacer**) : m. à m. : *la naissance.* Ici : *la crèche de Noël* (se dit aussi **pesebre**).

11. **tener (llevar) prisa** : *être pressé(e).*

12. **hablaba como para sí misma** : *...comme pour elle-même.* Forme réfléchie si l'action renvoie au sujet : **Se decía para sí...** *il (elle) se disait en lui- (elle-) même.*

13. **¿ Qué le parece ?** : *qu'en pensez-vous ? comment le trouvez-vous ?* **¿ No le parece ?** *Ne trouvez-vous pas ?*

Isabel balbucía, muy poco convencida. Realmente, se había olvidado por completo [1] del sentido religioso de las fiestas al hacer el comentario. Pensaba solamente en las reuniones familiares, un poco pesadas [2] a veces, pero, sin embargo, alegres e insustituibles, de estos días... Y estaba atravesando unas salas grandes, tristísimas, llenas de camas en fila, en su peregrinaje detrás de la hermana. Un mundo de dolor descarado [3], abierto, aparecía en las sonrisas de los enfermos que tenían visita, en la seriedad exhausta [4] de los que estaban solos... Y aquella pobreza terrible que exhibían en sus ropas [5] de dormir... Isabel había creído siempre que el Estado daba blancos camisones a todos los enfermos ; había creído siempre que el « Estado » era más rico, y que todo aquello, « hospitales y cosas así », estaban muy bien, y que no hacía falta [6] esa manía de las visitas de caridad a los acogidos [7].

El olor a desinfectantes mareaba [8]. Isabel se sentía mareada. Había tomado de manos del chófer el gran paquetón de dulces.

— También me han dado estos libros, señora.

— Ah, sí... — Isabel se dirigió a la monja —. Deben de ser para una enferma de otra sala... Una tal Manuela Ruiz... Me ha encargado [9] mucho mi yerno este aguinaldo... Son las obras de San Juan de la Cruz [10]...

---

1. **por completo :** *tout à fait ;* **completamente.**
2. **pesadas :** m. à m. : *lourdes, pesantes.* Fig. : *embêtantes, pénibles.*
3. **descarado** (de cara : *visage) : effronté, éhonté.* Sens ici de douleur *insolente, qui s'affiche, impudique...*
4. m. à m. : *« le sérieux épuisé »...* d'où : *l'air grave et abattu (essoufflé) ;* **estar exhausto** : *être sans force, épuisé* **(agotado).**
5. **la ropa :** *des vêtements, linge.*
6. **hacer falta** *(besoin) :* **necesitar.**
7. de **acoger** *(accueillir) ; protégés, « assistés »* (cf. Assistance publique...)
8. **marear :** *donner, faire mal au cœur ;* **marearse (tener mareos)** : *avoir mal au cœur, avoir des étourdissements.* **« Me mareo »** : *« ça tourne » ;* **se marea en barco** (bateau) :

Isabel balbutiait, très peu convaincue. Réellement, elle avait complètement oublié le sens religieux des fêtes en faisant son commentaire. Elle pensait seulement aux réunions familiales de cette époque, pénibles parfois, mais joyeuses et irremplaçables cependant... Et dans son pèlerinage derrière la sœur, elle traversait maintenant de grandes salles, sinistres, remplies de lits alignés. Un monde de douleur impudente, ouvert, apparaissait à travers les sourires des malades qui avaient de la visite, à travers la gravité et l'air abattu de ceux qui étaient seuls... Et cette terrible pauvreté qu'ils exhibaient dans leurs vêtements de nuit... Isabel avait toujours cru que l'État donnait des chemises de nuit blanches à tous les malades ; elle avait toujours cru que l'« État » était plus riche et que tout ça, « les hôpitaux et les choses de ce genre », c'était bien et qu'il n'y avait pas besoin de cette manie de visites de charité aux « assistés ».

L'odeur de désinfectant donnait la nausée. Isabel eut mal au cœur. Elle avait pris des mains du chauffeur le grand paquet de friandises.

— On m'a aussi donné ces livres, Madame.

— Ah, oui... Isabel s'adressa à la religieuse. Ils doivent être pour une malade d'une autre salle... Une certaine Manuela Ruiz... Mon gendre m'a beaucoup recommandé ces étrennes... Ce sont les œuvres de saint Jean de la Croix...

---

il a le mal de mer. Fig. : **¡ qué mareo !** *quelle histoire ! ; à vous donner le tournis.*

9. **encargar :** *charger, demander ;* **Encargar un libro, una comida,** etc. *Commander un livre, un repas ;* **hacer un pedido** (affaires) : *passer une commande ;* **un encargo :** *une commande, une commission.*

10. Poète mystique du XVIe siècle.

— ¡ Vamos !... ¡ Qué delicadeza tiene el doctor con nuestra Manuela !... Verdad que es una verdadera santa y que como está en esta sala — porque está en la sala de las tontas —, nadie se para a hablar con ella. Pero el doctor dice que es una mujer de talento, y ha hecho que se interese por ella nuestro capellán [1], y una señorita de las que visitan [2] a nuestros pobres también viene ahora de cuando en cuando [3] y le lee cosas... La pobrecilla [4] disfruta [5] mucho. Y, mire usted, lo que más le gusta es San Juan, tan difícil que es [6]... Yo misma le confieso que no puedo leerlo... Por eso el doctor le ha mandado [7] estos libros... Entrégueselos [8] usted misma. Siempre se acuerda de los que la visitan y reza por [9] ellos.

Isabel estaba interesada por aquella enferma tan intelectual [10]. « La soledad sonora » [11], « La música callada »..., recordó. ¿ Cómo se podrán saborear esas cosas entre estos muros, Dios mío ?

De pronto, Isabel se encontró en un mundo aparte. En un lugar de pesadilla [12] donde, ayudada por una hermana, tuvo que repartir [13] dulces a los imbéciles. Comprendía que su hija no tuviese fuerzas para estar allí ni un minuto. Las tontas reían, lloraban, se disputaban los caramelos. Casi todas tenían alguna deformidad. No había ninguna en la cama.

— ¿ Quien és Manuela Ruiz, hermana ?

— Venga conmigo [14].

---

1. prêtre aumônier.
2. **visitar :** *rendre visite, aller voir* un malade.
3. ou **de vez en cuando** : *de temps en temps.*
4. **de pobre :** connotation de pitié : *la pauvre petite, la malheureuse.*
5. **disfrutar :** ici : *être heureux(euse).* **Disfrutar de buena salud** : *jouir d'une bonne santé.* **He disfrutado durante las vacaciones** : *je me suis bien amusé (j'ai bien profité) pendant mes vacances.*
6. **tan difícil que es... (de leer, de comprender) :** m. à m. : *difficile comme il est (à comprendre, à lire).*
7. **mandar :** *envoyer, prescrire* (médecin).
8. **entregar :** *remettre ;* « *remettez-les-lui vous-même* » **(usted)**. Groupe 2 pron. de la 3ᵉ pers. qui se suivent : **dárselo** : *le lui (leur) donner.* **Voy a contárselo** : *je vais*

— Ah bon ! Quelle délicatesse de la part du docteur pour notre Manuela !... C'est vrai que c'est une véritable sainte et que comme elle est dans cette salle — parce qu'elle est dans la salle des simples d'esprits — personne ne vient lui parler. Mais le docteur dit que c'est une femme intelligente, et il a fait en sorte que notre aumônier s'intéresse à elle, ainsi qu'une de ces jeunes filles qui visitent nos pauvres, qui vient maintenant de temps en temps et lui fait la lecture... La pauvre petite y prend grand plaisir. Et, tenez, ce qui lui plaît le plus, c'est saint Jean, qui est pourtant si difficile... J'avoue que moi-même je n'arrive pas à le lire... Remettez-les-lui vous-même. Elle se souvient toujours de ceux qui lui rendent visite et elle prie pour eux.

Isabel était intéressée par cette malade si intellectuelle. « La solitude sonore », « La musique silencieuse »... se souvint-elle. Comment peut-on apprécier ces choses-là entre ces murs, mon Dieu ?

Tout à coup, Isabel se trouva dans un monde à part. Dans un lieu de cauchemar où, aidée par une sœur, elle dut distribuer des friandises aux simples d'esprit. Elle comprenait que sa fille n'ait pas la force de rester là une seule minute. Les innocentes riaient, pleuraient, se disputaient les bonbons. Presque toutes étaient difformes. Il n'y en avait aucune au lit.

— Qui est Manuela Ruiz, ma sœur ?

— Venez avec moi.

---

vous le **[a usted (es)]** ou *le lui, le leur raconter.* Le pron. **se** est donc invariable pour *lui* ou *leur.*

9. **rezar por** (religion) : *prier pour...* mais : *je vous prie de le faire :* **le ruego (rogar) que lo haga.**

10. petite connotation péjorative. Elle fait exception dans ce monde de misère physique et morale de l'hôpital.

11. m. à m. : *« la sonore solitude », « la musique silencieuse » :* des vers connus de San Juan de la Cruz.

12. **la pesadilla :** *le cauchemar.*

13. l'expression formelle de l'obligation ; **Tener que** prend ici tout son sens.

14. **conmigo :** *avec moi ;* **contigo :** *avec toi ;* **consigo :** *avec lui-même ;* **con él :** *avec lui.*

Junto a una ventana, en un sillón, estaba una especie de guiñapo[1] que era Manuela Ruiz. La cabeza sujeta a un madero para que no se le cayese[2] hacia delante. Completamente paralítica, deformada. Una horrible cicatriz de la boca a la barbilla[3] era el canal por donde años y años se le deslizaba[4] la baba, sin que ella pudiese limpiarla... Un espanto[5] tan grande, que las manos de Isabel temblaban al enseñarle los libros que le traía.

— Vengo de parte del doctor López-Gay — dijo gritando, porque estaba segura de que aquella criatura[6] era sorda también.

— No se esfuerce ; oye perfectamente — aclaró[7] la hermana —. La dejo con ella unos minutos mientras voy a poner paz a aquel grupo que riñe[8] por los caramelos.

Isabel no se atrevió a[9] huir, y se encontró sentada en una silla junto a aquella pobre humanidad[10]. Le parecía que estaba soñando un mal sueño.

— Váyase[11], señora. Usted no está acostumbrada...

Era Manuela la que hablaba. Muy despacio[12], pero clara y distintamente[13]. Decía las cosas con fatiga y suavidad. Y, de pronto, Isabel vio una cosa asombrosa[14]. Vio unos enormes ojos negros, limpios y brillantes, que la miraban con compasión... Isabel no había sentido jamás sobre ella una mirada compasiva[15]... Y la verdad era que pensaba que tampoco[16] podría soportarla[17] si algún día llegaba. Hoy era ese día.

---

1. **guiñapo :** *loque, guenille.*
2. de **caer** : *tomber, retomber.* Au prés. : **para que no se le caiga...**
3. *menton ;* **la barba** : *la barbe.*
4. **deslizarse :** *glisser ;* **un desliz** : *glissade, faux pas.*
5. **el espanto :** *épouvante, frayeur.* **Espantoso** : *effrayant.*
6. **criatura :** fig. : *enfant, gosse ; être.*
7. **aclarar :** *éclairer, éclaircir,* d'où : *préciser ;* fig. : *voir clair ;* **no me aclaro en este asunto** : *je ne vois pas clair dans cette affaire.*
8. de **reñir :** *se disputer ;* **la riña** : *dispute (rixe).*
9. **atreverse a :** *oser ;* **el atrevimiento** : *l'audace.*
10. m. à m. : *humanité ;* sens de « *prochain* », « *semblable* », « **género humano** » : *genre humain.*

Près d'une fenêtre, dans un fauteuil, se trouvait une espèce de loque : c'était Manuela Ruiz. La tête attachée à un madrier pour qu'elle ne tombe pas en avant, complètement paralytique, déformée. Une horrible cicatrice de la bouche au menton était le canal par où depuis des années et des années s'écoulait sa bave, sans qu'elle pût la nettoyer... C'était si effrayant qu'Isabel tremblait des mains en lui montrant les livres qu'elle lui apportait.

— Je viens de la part du docteur Lopez-Gay, dit-elle en criant, parce qu'elle était sûre que cet être était sourd également.

— Ne vous donnez pas de mal. Elle entend parfaitement, précisa la sœur. Je vous laisse en sa compagnie quelques instants pendant que je vais rétablir la paix dans le groupe qui se dispute à cause des bonbons.

Isabel n'osa pas s'enfuir et se retrouva assise sur une chaise à côté de sa malheureuse semblable. Elle avait l'impression de vivre un mauvais rêve.

— Partez, Madame. Vous n'êtes pas habituée...

C'était Manuela qui parlait. Très lentement, mais clairement et distinctement. Elle disait les choses avec peine et douceur. Et, tout à coup, Isabel vit une chose étonnante. Elle vit d'énormes yeux noirs, clairs et brillants, qui la regardaient avec compassion... Isabel n'avait jamais senti sur elle un regard compatissant. Et la vérité était qu'elle pensait qu'elle ne pourrait pas non plus le supporter si un jour cela se produisait. Et ce jour-là était arrivé.

---

11. Imp. de **irse** ; **marcharse** : *s'en aller, partir.*
12. **despacio** : *lentement, doucement.*
13. Deux adv. de manière en « **mente** » qui se suivent : **clara (mente) y distintamente** : *clairement et distinctement ;* **obraba rápida (mente) y eficazmente** : *il agissait rapidement et efficacement ;* **hábil(mente) e inteligentemente** : *habilement et intelligemment.*
14. **asombroso (a)** : sens fort de : *étonnant(e), frappant(e) ;* **Me quedé asombrado** : *j'ai été frappé (de stupeur).*
15. **compasivo** : *compatissant ;* **compasión** : *compassion, pitié.* **Merecer compasión** : *être à plaindre.*
16. **tampoco** : *non plus ;* **tampoco lo** ou **no lo sé tampoco** : *je ne le sais pas non plus ;* **tan poco** : *si peu.*
17. **soportarla** : **la mirada** *(le regard).*

Aquel pobre ser sufriente le tenía pena [1], porque le notaba el espanto y la repugnancia en la cara. Isabel enrojeció. Se rehizo [2].

— No, por Dios... Tengo mucho gusto en hablar con usted unos minutos... ¿ De modo que le gusta la poesía de San Juan de la Cruz ?... ¿ Se dedicaba [3] usted a algo intelectual antes..., antes de venir aquí ?...

Los ojos inteligentes miraban como tratando de entender.

— Antes de venir aquí... Hace tantos años eso... Llevo aquí cuarenta años [4]... Antes de venir aquí yo era una muchacha de pueblo... Llevaba camino de casarme [5]...

« Cuarenta años — pensaba Isabel —. ¡ Cuarenta años !... » Tuvo ganas [6] de gritar aquello... ¡ Cuarenta años muriéndose [7] y sin morirse !... Cuarenta Navidades allí...

— ¿ Ya no queda ningún pariente que la venga a ver en Navidad ?

De nuevo una sonrisa en los ojos.

— No, señora.

« Cuarenta años — pensaba Isabel — es casi toda mi vida. Esa vida en la que yo he estudiado, he ido a los bailes, me he enamorado [8], he hecho viajes deliciosos, me he casado, he tenido dos hijos fuertes, guapos, me he quedado viuda [9], he llegado a [10] tener un círculo de amistades [11] encantadoras [12] y he distraído mi soledad con mil cosas agradables que proporcionan [13] la cultura y el dinero...

---

1. **tenerle pena a alguien** : *avoir de la peine (chagrin) pour qqn,* d'où, en inversant le sujet : *faire pitié.* Aussi : **dar pena. Le daba pena aquella situación** : *cette situation lui faisait de la peine (mal).* **¡ Es una pena !** : *C'est dommage !* **Merecer la pena** : *valoir la peine.*
2. de **rehacerse** : m. à m. : *se refaire,* d'où : *se ressaisir.*
3. **dedicarse a** : *se consacrer, s'adonner ;* **« se dedica a la política »** : *il s'occupe de politique.*
4. ou : **hace 40 años que estoy aquí** : *je suis ici depuis 40 ans ;* **llevar** : semi-auxiliaire très usuel ; **llevo trabajando tres años en esta empresa** : *je travaille dans cette entreprise depuis 3 ans.*
5. ou : **estaba en camino de casarme** : m. à m. : *j'étais en chemin de... ;* **casarse** : *se marier.*

Ce pauvre être souffrant éprouvait de la peine pour elle, parce qu'il remarquait sur son visage l'effroi et la répulsion. Isabel rougit. Elle se reprit.

— Non, je vous en prie... J'ai beaucoup de plaisir à parler avec vous quelques minutes... Alors vous aimez la poésie de saint Jean de la Croix ? Vous aviez une activité intellectuelle avant... avant de venir ici ?

Ses yeux intelligents regardaient, comme en essayant de comprendre.

— Avant de venir ici... Cela fait tant d'années... Il y a quarante ans que je suis ici... Avant de venir ici, j'étais une jeune villageoise. J'étais sur le point de me marier...

« Quarante ans, pensait Isabel. Quarante ans !... » Elle eut envie de le crier... « Quarante ans en train de mourir et sans mourir !... Quarante Noëls ici... »

— Il ne reste plus aucun parent qui vienne vous voir à Noël ?

A nouveau un sourire dans ses yeux.

— Non, Madame.

« Quarante ans, pensait Isabel. C'est presque toute ma vie. Cette vie pendant laquelle j'ai étudié, je suis allée au bal, je suis tombée amoureuse, j'ai fait de beaux voyages, je me suis mariée, j'ai eu deux enfants solides, beaux, je suis devenue veuve, je me suis fait un cercle de relations et j'ai occupé ma solitude par mille choses plaisantes que la culture et l'argent vous procurent...

---

6. **tuvo... ou le dieron ganas de :** *il (elle) eut envie de.*
7. **(estando) muriéndose :** *... 40 années (passées à mourir) en train de mourir...*
8. **enamorarse :** *tomber amoureux (euse).*
9. *Je me suis mariée, je suis restée veuve...* observer que le participe ne s'accorde jamais avec **haber. Todas las chicas se han ido a España** : *toutes les filles sont parties en Espagne.* Mais : **la Navidad fue (ser) celebrada por todos.**
10. **llegar a :** *arriver à, parvenir à, réussir à.*
11. **amistades :** m. à m. : *amitiés.* Ici : *amis, relations.* **Hacer las amistades (las paces)** : *se réconcilier, faire la paix ;* **amistoso (a)** : *amical (e).*
12. **encantador :** (adj.), *charmant, ravissant.* Nom : *charmeur ;* **el encantador de serpientes** : *le charmeur de serpents.*
13. **proporcionar :** *procurer, fournir.* **Le he proporcionado un trabajo** : *je lui ai procuré un travail.* Attention : **procurar hacer algo** : *essayer de faire quelque chose.*

Todos los años hago un viaje a París, unas veces a comprarme libros, otras, las más, a comprarme sombreros, aunque siempre acabo comprando[1] las dos cosas... Tengo nietos[2]... »

Era un recuento[3] febril, un recuento rápido y desordenado él que hacía Isabel de su vida junto al sillón de la paralítica. Y se le antojaba[4] ahora una vida asombrosa, aunque hacía un rato aún la había considerado vacía, sin objeto... Y, sin embargo, a pesar de[5] ser una vida maravillosa, algo sin objeto sí que era[6]. Algo faltaba en ella aún. No sabía qué.

— ¿ Y ha sido durante esta enfermedad tan larga cuando[7] usted ha empezado a aficionarse[8] a leer ?

— No, señora... Yo no sé leer... Ni podría, aunque quisiera[9], así como estoy...

— ¿ Entonces ?

— A veces me leen... Estos dos últimos años algunas personas muy buenas vienen y me leen. El doctor lo ha visto y por eso me manda ese libro. ¡ Todo lo que dicen esos libros es tan verdadero !... Durante estos años Dios se ha acercado a mí tanto, que puedo entenderlo... Sin ningún trabajo[10] de mi parte, el Señor me ha ido dejando[11] vacía y sola del todo[12] para que fuese para Él... Durante mucho tiempo yo no entendía... Sufría, le pedía a Dios mi curación... Luego empecé a comprender cómo podía yo aceptar este sufrimiento, esta soledad, y entonces todo fue tan hermoso...

---

1. **siempre acabo comprando... :** *je finis toujours par acheter...* **Acaba siempre saliéndose con la suya :** *il finit toujours par avoir le dernier mot ;* **acaba de llegar :** *il vient d'arriver.*
2. **nieto :** *petit-fils :* **sobrino :** *neveu.*
3. **recuento :** *dépouillement, recensement* (élections). Ici, sens d'*énumération, bilan.*
4. **antojársele algo a alguien :** ici : *avoir l'impression, s'imaginer.* **Se le antojó salir de viaje :** *il eut l'idée (l'envie le prit) de partir en voyage.* **Se me antoja que no vendrá :** *j'ai dans l'idée qu'il ne viendra pas.*
5. **a pesar de :** *malgré.* **A pesar de ser (de que fuera) una vida maravillosa :** *bien que* + subj. **A pesar de todo :** *malgré tout.* **A pesar mío :** *contre mon gré.*
6. **sí que era :** renforce l'affirmation.

Tous les ans je fais un voyage à Paris, parfois pour m'acheter des livres, d'autres fois, la plupart du temps, pour m'acheter des chapeaux, encore que je finisse toujours par acheter les deux à la fois... J'ai des petits-enfants... »

C'était un bilan fébrile, un bilan rapide et désordonné qu'Isabel faisait de sa vie, à côté du fauteuil de la paralytique, et elle trouvait maintenant sa vie fabuleuse alors qu'un moment auparavant elle l'avait considérée comme vide, sans objet... Et cependant, bien qu'ayant été une vie merveilleuse, c'était bien une vie qui n'avait pas eu de but. Il y manquait encore quelque chose. Elle ne savait pas quoi.

— Et c'est pendant cette si longue maladie que vous avez commencé à prendre goût à la lecture ?

— Non, Madame... Je ne sais pas lire... Je ne pourrais pas non plus, même si je le voulais, dans mon état...

— Alors ?

— Parfois on me fait la lecture... Ces deux dernières années quelques personnes très bonnes sont venues et m'ont fait la lecture. Le docteur l'a vu et c'est pour ça qu'il m'envoie ce livre. Tout ce que ces livres disent est si vrai !... Durant ces années Dieu s'est tellement approché de moi que je peux le comprendre... Sans aucun effort de ma part, le Seigneur m'a laissée complètement vide et seule pour que je lui appartienne... Pendant longtemps je ne comprenais pas... Je souffrais. Je demandais à Dieu ma guérison... Ensuite j'ai commencé à comprendre comment faire pour accepter cette souffrance, cette solitude, et alors tout est devenu si beau...

---

7. **hoy es cuando viene** : *c'est aujourd'hui qu'il vient ;* **trabajando es como** (manière) : *c'est en travaillant que...* **en Paris es donde** (lieu) : *c'est à Paris que...* **Por eso es por lo que** (cause) : *c'est pour cela que...*
8. **aficionarse a :** *prendre goût à, s'attacher à...* **Tener afición a** : *s'intéresser à, être amateur de...* **la afición, los aficionados** : *les amateurs, les supporters.*
9. **aunque quisiera :** *même si je le voulais.* **Aunque quiera...** *même si je veux...*
10. **trabajo :** *travail.* Ici : *effort, volonté.*
11. **ir** + gérondif : forme progressive courante : **con el tiempo vamos entendiendo mejor ciertas cosas :** *avec le temps on comprend (peu à peu) mieux certaines choses.*
12. **del todo :** (compl.), *tout à fait. Du tout :* **en absoluto.**

Dios acepta mi sufrimiento ofrecido ; yo puedo rogarle[1] así por los pecadores, por los enfermos que aún no comprenden, por todos... ¡ Es tan hermoso !... ¡ Comprender que Cristo nació para enseñarnos un camino... ¡ Es tan hermoso !... Todos los días doy gracias[2] a Dios que me ha elegido para Él... Cuando me leen esos libros de San Juan tengo ganas de llorar muchas veces, porque dicen cosas que poco a poco yo he ido pensando...

La hermanita encontró a Isabel inclinada hacia Manuela, escuchando con una atención que casi le hacía abrir la boca las palabras de la enferma ; aquellas palabras que salían tan despacio, tan roncas[3] y, sin embargo, claras.

Isabel se estaba olvidando del aspecto de aquella cabeza sufriente, del olor nauseabundo de sudor y desinfectantes que le hacía ponerse enferma[4]. Oía lo único que no esperaba haber oído nunca en el hospital : un canto a la vida. No a la vida hermosa, lejana, añorada[5], sino a la vida vivida con toda su angustia, dolor y abandono, minuto a minuto, durante cuarenta años.

— ¡ Ha sido tan hermoso !...

La mujer explicaba su milagro. Su diálogo con Dios en el terrible abandono de aquella sala. Aquella vida divina, que había sensibilizado a la muchacha analfabeta y campesina, hasta hacerla gustar[6] en « su verdad » al difícil[7], maravilloso, místico castellano[8].

---

1. **rogar por alguien :** *prier pour quelqu'un.* La prép. **por** caractérise ici « le motif », la cause d'un sentiment, d'un intérêt. **Temer por su vida** : *craindre pour sa vie.* **Sacrificarse por** : *se sacrifier pour.* Mais, **rogar (rezar) al cielo para que llueva** : *prier le ciel pour qu'il pleuve* (finalité).
2. **dar gracias :** *rendre grâce.* **Dar las gracias** : *dire merci, remercier.*
3. **voz ronca :** *voix rauque, enrouée.*
4. m. à m. : « *qui la faisait tomber malade* », *qui la rendait malade.*
5. de **añorar** : *regretter, avoir la nostalgie de...* **la añoranza** : *le regret, la nostalgie.*
6. **gustar :** (tr.) *goûter, apprécier ;* (intr.), *aimer, plaire.* **Me gusta la música** : *j'aime la musique.* **Me gustan esas**

Dieu accepte le don de ma souffrance ; je peux ainsi le prier pour les pécheurs, pour les malades qui ne comprennent pas encore, pour tout le monde... C'est si beau ! Comprendre que le Christ est né pour nous montrer un chemin... C'est si beau !... Tous les jours, je rends grâce à Dieu de m'avoir choisie pour Lui... Quand on me lit ces livres de saint Jean, j'ai souvent envie de pleurer, parce qu'ils disent des choses sur lesquelles j'ai réfléchi peu à peu... »

La petite Sœur trouva Isabel penchée sur Manuela, en train d'écouter les paroles de la malade avec une attention qui lui faisait presque ouvrir la bouche ; ces paroles qui sortaient si lentement, si graves et cependant si claires.

Isabel oubliait l'aspect de cette tête souffrante, l'odeur nauséabonde de sueur et de désinfectants qui la rendait malade. Elle entendait la seule chose qu'elle ne s'était jamais attendue à entendre dans un hôpital : un hymne à la vie. Non pas à la belle vie, lointaine, dont elle avait la nostalgie, mais à la vie vécue dans l'angoisse, la douleur et l'abandon, minute après minute, pendant quarante ans.

— Cela a été si beau !...

La femme expliquait son miracle. Son dialogue avec Dieu dans la terrible solitude de cette salle. Cette vie divine, qui avait sensibilisé la jeune fille analphabète et campagnarde jusqu'à lui faire goûter dans « sa vérité » le difficile, le merveilleux, mystique castillan.

---

fiestas : *j'aime ces fêtes-là, ces fêtes me plaisent ;* **cuando guste** : *quand il vous plaira ;* **el gusto** : *le goût, le plaisir.* **Tengo el gusto de** : *j'ai le plaisir de...*

7. **difícil**, sous-entendu : **de leer** : *difficile à lire.*
8. Il s'agit, bien sûr, de San Juan de la Cruz.

Isabel creía un rato antes que la vida no tenía nada que enseñarle ya[1] ; y ahora estaba aprendiendo... Siempre había tenido un gran interés por aprender, por captar cosas... Por eso estaba inclinada hacia la paralítica como bebiendo sus palabras.

— No hables más, Manuela, hija — dijo la monja.

— Tiene sufrimientos horribles — explicó luego a Isabel —, pero es una santita... Edifica[2] estar un poco junto a ella, ¿ no cree ?... Su yerno[3] se sienta muchas veces a su lado. Dice que se siente mucho más bueno... Dice que es una verdadera santa y que los santos siempre hacen pequeños milagros a los que se acercan a ellos. Es un hombre extraordinario el doctor López-Gay. Estará[4] muy orgullosa de que sea su yerno, ¿ verdad ?

Isabel estaba conmovida[5]. Ya no veía la miseria del hospital, atenta a[6] sus propias sensaciones. La idea de su yerno — a quien siempre había creído un hombre vulgar — sentándose junto a aquella mujer, escuchándola, preocupándose de su aguinaldo de Navidad no por tonterías del qué dirán[7] provinciano, sino por un impulso de su espíritu, esa idea la reconciliaba con Julio, le hacía ver en él algo muy distinto, quizá aquella persona[8] que pudo enamorar[9] a Margarita hasta el punto de casarse y enterrarse[10] en aquel pequeño y aburrido lugar del mundo.

Estaba nevando. El automóvil iba[11] despacio por las calles entre la nieve.

---

1. **... nada que enseñarle ya :** *... plus rien à lui apprendre.* Ou : « Nada más ». Ya : connotation de temps ; **ya no viene** : *il ne vient plus.* **Más** : connotation de quantité, nombre ; **No quiero más** : *je n'en veux plus.* **Los más dijeron que...** : *la plupart, les plus nombreux ont dit que...*
2. fig. : *édifier, être édifiant.*
3. **su yerno « de usted »**, donc « *votre gendre* », le docteur.
4. **estará :** fut. de probabilité : « *Vous devez être fière* »...
5. **de conmover :** *émue, touchée.*
6. **estar atento a :** *attentif à, soucieux de.* **Ser atento** : *gentil, attentionné.*
7. *le qu'en dira-t-on.*
8. **« aquella persona », « aquel lugar del mundo » « aquella capa de nieve »**, etc. Ce démonstratif qui revient toujours, souligne non seulement la distance dans le temps,

Isabel croyait un instant auparavant que la vie n'avait plus rien à lui enseigner ; et maintenant elle était en train d'apprendre... Elle avait toujours montré beaucoup d'intérêt pour s'instruire, pour appréhender les choses... C'est pour cela qu'elle était penchée sur la paralytique comme si elle buvait ses paroles.

— Ne parle plus, Manuela, ma fille, dit la religieuse.

— Elle ressent d'horribles souffrances, expliqua-t-elle ensuite à Isabel, mais c'est une petite sainte... C'est édifiant de rester un peu auprès d'elle, vous ne croyez pas ? Votre gendre s'assied souvent à côté d'elle. Il dit qu'il se sent bien meilleur... Il dit que c'est une véritable sainte et que les saints font toujours de petits miracles pour ceux qui s'approchent d'eux. Le docteur Lopez-Gay est un homme extraordinaire. Vous devez être très fière qu'il soit votre gendre, n'est-ce pas ?

Isabel était émue. Elle ne voyait plus la misère de l'hôpital, attentive qu'elle était à ses propres sensations. L'idée de son gendre — qu'elle avait toujours pris pour un homme commun —, assis près de cette femme en train de l'écouter, de se préoccuper de ses étrennes de Noël — non pas à cause des sottises du qu'en-dira-t-on provincial — mais par élan du cœur, cette idée la réconciliait avec Julio, lui faisait voir en lui quelque chose de très différent, peut-être cet être dont Margarita avait pu tomber amoureuse au point de se marier et de s'enterrer dans ce petit village ennuyeux et retiré du monde.

Il neigeait. L'automobile roulait lentement dans les rues au milieu de la neige.

---

mais aussi et surtout l'état d'esprit, la mémoire du personnage (l'auteur par moments), qui se place volontairement loin, distant, de « **aquella ciudad de provincias** », de « **aquellas Navidades** ».

9. *séduire, « rendre amoureuse »*.

10. le sujet de ces deux verbes à l'inf. est, bien sûr : sa fille Margarita.

11. **ir por :** mouvement à l'intérieur d'un lieu ; *aller dans, aller sur...*

Era un verdadero día de Navidad. El chalé de López-Gay parecía encantado bajo aquella capa de blancura.

Isabel encontró a la familia reunida en la sala grande, junto al « Nacimiento ».

Estaban los pequeños, Margarita, las cuñadas [1] y el suegro [2], todos.

— ¿ Ha vuelto ya del hospital, Isabel ?

Lo preguntaba Julio, que, subido en una silla, tenía aires de chico travieso [3] arreglando [4] las figuras [5] de unos pastores en el risco [6] más alto.

— Sí, querido Julio... Me ha gustado mucho.

— ¡ No me digas [7], mamá !

Margarita le ayudaba a quitarse el abrigo [8] y sonreía absorta mirando la cara de su madre.

— Aunque, realmente, tienes un aspecto radiante... ¡ Eres extraordinaria ! Vas a llevar un aguinaldo y vuelves con cara de haber encontrado la piedra filosofal... ¿ No es verdad, Julio ?

— Así es — dijo Julio seriamente, mirando a su suegra —. ¿ De modo que [9] le ha gustado ?

¡ Qué cordial la voz de Julio ! De nuevo se conmovió Isabel.

— Sí ; creo que, en verdad, he encontrado la piedra filosofal... Tengo que pensar ahora en ella para que no se me pierda [10]... No creáis que es broma... [11]

Isabel habló jovialmente, ligeramente, mientras se acercaba al fuego encendido y se calentaba las manos.

---

1. **cuñados (as)** : *beaux-frères, belles-sœurs.*
2. **el suegro** : *beau-père.*
3. **travieso** : *espiègle, polisson.*
4. de **arreglar** : *arranger,* ici : *ranger, disposer.*
5. *personnages.* **La gran figura** : *la vedette.*
6. **risco** : *rocher escarpé.* Ici... en carton pâte, faisant partie du décor de cette grande crèche.
7. m. à m. : *ne me dis pas... !* langue parlée, traduisant l'étonnement, la surprise : **¡ no me digas** ! *c'est vrai ? ça alors !*
8. m. à m. : « *s'enlever le manteau* ». **Ponerse la camisa** : *mettre sa chemise.* **Tomarse la medicina** : *prendre son médicament.*

C'était un véritable jour de Noël. La villa de Lopez-Gay paraissait enchantée sous cette couche de blancheur.

Isabel trouva la famille réunie dans la grande salle près de la « Crèche ».

Il y avait les enfants, Margarita, les belles-sœurs et le beau-père, tout le monde.

— Vous êtes déjà revenue de l'hôpital, Isabel ?

C'était Julio qui posait la question ; monté sur une chaise, il ressemblait à un enfant espiègle en train de mettre en place les personnages des bergers sur le rocher le plus haut.

— Oui, mon cher Julio... J'ai beaucoup aimé cela.

— Est-ce possible, Maman ?

Margarita l'aidait à enlever son manteau et souriait, absorbée, en regardant le visage de sa mère.

— Quoique, vraiment, tu aies un aspect radieux... Tu es extraordinaire ! Tu vas porter des étrennes et tu reviens avec la tête de quelqu'un qui a trouvé la pierre philosophale... N'est-ce pas, Julio ?

— C'est ça, dit Julio sérieusement en regardant sa belle-mère. Vous avez donc aimé ?

Que la voix de Julio était affable ! Isabel fut à nouveau émue.

— Oui ! Je crois qu'en vérité, j'ai trouvé la pierre philosophale... Il faut que j'y pense maintenant pour qu'elle ne m'échappe pas... Ne croyez pas que je plaisante...

Isabel parla gaiement, avec légèreté, tandis qu'elle s'approchait du feu et se chauffait les mains.

---

9. **¿ de modo que... ?** *ainsi donc..., alors...* **¿ De modo que no lo sabes ?** : *alors, tu ne le sais pas ?*.
10. *Pour que je ne la perde pas...* **se me ha perdido el bolso** : *j'ai perdu mon sac.* **Se me olvida todo** : *j'oublie tout.* Le compl. dir. français devient donc sujet en espagnol.
11. **una broma :** *une plaisanterie, une blague ;* d'où : *ne croyez pas que je plaisante... je parle sérieusement :* **hablo en serio.**

Ni su hija ni los demás[1] le prestaban mucha atención, pero ella sabía que su yerno sí ; su yerno la estaba escuchando. Su yerno, que en aquel momento se acercaba y atizaba la lumbre...

— Me gustaría hablar algún día contigo, Julio.

— Para eso[2] nos reunimos en estas fiestas, madre, para hablar de todo, para entendernos... — hizo una pausa —. Estoy seguro de que ha hablado con Manuela, ¿ no es verdad ?

Isabel asintió en silencio. Como unas horas antes la melancolía, ahora una cálida dicha[3] la llenó en aquella sala confortable, entre aquellas personas dignas de ser queridas... Porque, por primera vez[4], quería ella a estos parientes políticos[5]. Era realmente un pequeño milagro el que experimentaba[6] en su espíritu. Hubiera querido[7] recordar las palabras de Manuela para saber si podían tener tanto alcance como para[8] bendecir su propia vida. Pero no eran las palabras, sino[9] quién y cómo las decía. No sabía lo que le pasaba... Sí, tendría que hablar con Julio, con Margarita, con todos. Quizá con Manuela otra vez... Quizá sólo un poco con Dios, como la pobre Manuela había hecho tantos años para aprender a vivir su vida.

— ¡ Qué fantástica nevada navideña[10] !

Eso fue lo que dijo en alta voz al levantar los ojos desde el fuego. Y todos miraron hacia la ventana por donde se veían las blancas maravillas de la nieve.

---

1. **los demás :** *les autres, tous les autres.* Unos y otros : *les uns, les autres.*
2. **para eso :** *c'est pour cela que, c'èst pour ce faire* (finalité). Por eso (cause) : *c'est pourquoi...*
3. **la dicha :** *le bonheur.*
4. *pour la première fois.* Por última vez : *pour la dernière fois.*
5. **parientes políticos :** *la belle-famille ;* los padres políticos : *les beaux-parents.*
6. **experimentar :** *sentir, éprouver, ressentir.*
7. **hubiera querido :** *elle aurait aimé ;* quisiera : *elle aimerait, elle voudrait.*
8. **tanto alcance como para... :** « *autant de portée au point de* » *; suffisamment d'envergure, d'importance pour...*
9. **no... sino :** phrase négative : pour marquer une opposi-

Ni sa fille ni les autres ne lui prêtaient beaucoup d'attention, à l'inverse de son gendre ; son gendre, lui, l'écoutait. Son gendre, qui en ce moment s'approchait du feu et l'attisait...

— J'aimerais parler un jour avec toi, Julio.

— C'est pour ça que nous nous réunissons pendant ces fêtes, Maman, pour parler de tout, pour nous comprendre... — Il fit une pause. — Je suis sûr que vous avez parlé avec Manuela, n'est-ce pas ?

Isabel acquiesça en silence. Comme la mélancolie, quelques heures auparavant, maintenant la chaleur du bonheur l'envahit dans cette pièce confortable, au milieu de ces personnes dignes d'être aimées... Parce que, pour la première fois, elle aimait ces parents par alliance. C'était vraiment un petit miracle qu'elle éprouvait dans son esprit. Elle aurait voulu se rappeler les paroles de Manuela pour savoir si elles pouvaient avoir assez de portée pour bénir sa propre vie. Mais ce n'étaient pas les paroles qui avaient de l'importance, mais qui les prononçait, et comment. Elle ne savait pas ce qui lui arrivait... Oui, il faudrait qu'elle parle avec Julio, avec Margarita, avec tous. Peut-être avec Manuela, une autre fois... Peut-être seulement un peu avec Dieu, comme la pauvre Manuela avait fait pendant tant d'années pour apprendre à vivre sa vie.

— Quelle fantastique neige de Noël !

Ce fut ce qu'elle dit à haute voix en levant les yeux du feu. Et tous regardèrent vers la fenêtre à travers laquelle on voyait la merveille blanche de la neige.

---

tion. **No son las palabras sino los hechos lo que interesa :** *ce ne sont pas les mots, mais les faits, ce qui m'intéresse.* Mais **pero** marque une restriction ou rectification par rapport à la phrase précédente. **Estaba más tranquila pero no podía olvidar aquello :** *elle était plus calme mais ne pouvait pas oublier tout cela.*

10. m. à m. : « *chute de neige de Noël.* »

Miguel BUÑUEL

El elegido

L'élu

Né en 1925 dans la province de Teruel, il est à la fois agronome, journaliste et... grand amateur de cinéma.

Il a écrit des romans : *Un lugar para vivir* (1962), *Un mundo para todos* (1962, prix Selecciones Lengua Española), *El Niño, la hoz y el martillo* o *El Carnaval de 1936,* ainsi que des nouvelles comme « *El Niño, la golondrina y el gato* (1959, prix Lazarillo) », et « *La Vida en colores* » (1968, prix Jauja), ou des contes : « *Premios sesamo* » (1975), « *Aquelarre Celestial* » (1977).

Hacía frío. Estábamos pegados por las espaldas[1] a una pared blanca orientada al mediodía y resguardada del viento helado del noroeste. Alguien, frotándose las manos, dijo :

— Es como una cama en la que hay que dormir de pie. Es bonito dormir de pie. Pero ¡ qué frío ! — y continuó frotándose las manos.

Uno que pataleaba[2] para desentumecer[3] sus pies comentaba para sí :

— Lo mejor sería enterrarme hasta las rodillas, no patalearía tanto.

Otro le susurró metiéndole[4] el aliento en el oído :

— Qué horror, echaría raíces[5]...

Él que estaba a mi lado me dijo :

— Ya ve usted, hay hasta sol, no podemos quejarnos. Y las espaldas las tenemos bien guardadas. Pero es lo que yo digo, si todos los rayos del sol se concentrasen en un círculo, como una mesa camilla[6], podríamos jugar a las cartas. ¿ A usted le gusta jugar a las cartas ?

Me encogí de hombros[7]. Él que así había hablado también se encogió de hombros. De vez en cuando nos mirábamos. De repente[8] dijimos todos a un tiempo :

— ¡ Qué frío !

¿ Qué hacía yo allí pegado a la pared en compañía de aquella[9] extraña gente ? Sin duda alguna el frío me había empujado hasta hacer de mis espaldas y de la blanca pared una misma cosa. ¿ Una misma cosa ?

---

1. **la (s) espalda (s) :** *le dos* — **el hombro** : *l'épaule.* **Dar la espalda** : *tourner le dos ;* **encogerse de hombros** : *hausser les épaules.*
2. **patalear :** *trépigner ;* patear : *piétiner ;* **patear una obra de teatro** : *siffler une pièce.*
3. **desentumecer :** *dégourdir.*
4. de **meter :** *introduire, mettre* — sens courant et fig. de *fourrer, plonger.* **Se ha metido en un negocio sucio** : *il s'est fourré dans une affaire louche.* **Meter la pata** : *faire une gaffe ;* **meterse con alguien** : *embêter, taquiner ;* **meterse en** : *se mêler de.*
5. **echar raíces :** *prendre racine* — sens très divers comme « **echar fuera** » : *mettre, jeter dehors.* **Echar cálculos** : *faire des calculs ;* **echar abajo** : *renverser, démolir ;* **echar una mano** : *donner un coup de main,* etc.

Il faisait froid. Nous avions le dos collé contre un mur blanc orienté au midi et protégé du vent glacé du nord-ouest. Quelqu'un, en se frottant les mains, dit :

— C'est comme un lit dans lequel il faut dormir debout. C'est amusant de dormir debout. Mais quel froid ! — et il continua à se frotter les mains.

Quelqu'un qui tapait du pied pour se dégourdir les jambes se disait à lui-même :

— Il vaudrait mieux m'enterrer jusqu'aux genoux, je ne taperais pas autant des pieds.

Un autre lui susurra en lui soufflant dans l'oreille :

— Quelle horreur, vous prendriez racine...

Celui qui était à côté de moi me dit :

— Voyez donc, il y a même du soleil, nous ne pouvons pas nous plaindre. Et nous avons le dos bien protégé. Mais c'est ce que je dis, si tous les rayons de soleil se concentraient en un cercle, comme une table ronde, nous pourrions jouer aux cartes. Vous aimez jouer aux cartes ?

Je haussai les épaules. Celui qui avait parlé ainsi, haussa aussi les épaules. De temps en temps nous nous regardions. Tout à coup nous dîmes tous en même temps :

« Quel froid ! »

Qu'est-ce que je faisais là, « collé » au mur, en compagnie de ces gens bizarres ? C'était sans doute le froid qui m'avait poussé et qui avait fait de mon dos et du mur blanc une même chose. Une même chose ?

---

6. *table ronde* sous laquelle on place le brasero.
7. voir note 1.
8. **de repente** ou **de pronto :** *soudainement, brusquement, tout à coup ;* att. *tout d'un coup :* **de una vez.**
9. **aquella :** *loin* dans le temps et dans l'espace. **En aquel tiempo** : *en ce temps-là.* **Esto días** : *ces jours-ci ;* **esos días** : *ces jours-là* (dont on parle). **Ese tío** ou **el tío ese** : (péjoratif), ce *type-là.*

Quise separarme de la pared y no pude. Me estremecí[1]. ¿ Y si fuéramos cadáveres colocados[2] allí verticalmente como en los enterramientos antiguos[3] ?

De tales conjeturas me distrajo la presencia de un lujoso automóvil negro que acaba de detenerse. Del vehículo se apearon[4] tres señores enlevitados y enchisterados[5]. Se acercaban hacia nosotros. El más grueso de ellos iba el primero. Y, detrás, como guardándole las espaldas[6], iban los otros dos, los cuales eran más bien[7] escuálidos[8]. Llegaron ante nosotros. El señor grueso miraba de arriba a abajo a cada uno de nosotros y preguntaba mecánicamente :

— ¿ Qué hace usted ahí ?

Invariablemente le contestaban :

— Ya ve[9], tomando el sol[10].

Hasta que llegando a mí, y después de mirarme[11] de arriba abajo, me hizo la consabida pregunta[12] :

— ¿ Qué hace usted ahí ?

— No lo sé — le respondí.

El señor grueso, siempre acompañado de sus secuaces[13], continuó preguntando[14] al resto de mis compañeros. Les miraba de arriba abajo y les preguntaba con esa su voz[15] de autómata :

— ¿ Qué hace usted ahí ?

— Ya ve, tomando el sol — le contestaban indefectiblemente.

---

1. **de estremecerse :** (de frío, de miedo : *de froid, de peur*) : *sursauter, trembler, frémir...*
2. **colocados :** *placés, mis* — **colocarse** : *trouver une situation* ou *du travail.* **Una colocación** : *un emploi, une place.*
3. **antiguo :** *antique, ancien* — **la ciudad antigua** : *la vieille ville ;* **un traje antiguo** : *un costume démodé.*
4. de **apearse** : *descendre* de voiture, du train, de cheval.
5. **con levita y chistera :** *en redingote et haut-de-forme.*
6. m. à m. : *en gardant (protégeant) son dos, ses arrières ;* d'où : **un guardaespaldas** : *garde du corps, « gorille ».*
7. **más bien :** *plutôt* — **antes, más temprano** : *plus tôt.*
8. *émaciés et maigres.*
9. **ya ve :** très usuel : *vous voyez bien ;* **ya veremos** : *nous verrons bien.*
10. Ellipse courante de **estar** ; **(estamos) tomando el sol** :

Je voulus m'écarter du mur et en fus incapable. Je tressaillis. Et si nous étions des cadavres placés là verticalement comme dans les enterrements de l'Antiquité ?

La présence d'une luxueuse automobile noire qui venait de s'arrêter me détourna de semblables conjectures. Trois hommes vêtus d'une redingote et d'un haut-de-forme descendirent du véhicule. Ils s'approchèrent de nous. Le plus gros d'entre eux marchait en tête. Et, à la suite, comme protégeant ses arrières, venaient les deux autres, qui étaient plutôt maigres. Ils arrivèrent devant nous. Le gros homme regardait de haut en bas chacun d'entre nous et demandait mécaniquement :

— Que faites-vous là ?

Invariablement ils lui répondaient :

— Vous voyez, je prends le soleil.

Jusqu'à ce que, arrivant à moi, et après m'avoir regardé de haut en bas, il me pose la question précitée :

— Que faites-vous là ?

— Je ne sais pas, répondis-je.

Le gros homme, toujours accompagné de ses acolytes, continua à questionner le reste de mes compagnons. Il les regarda de haut en bas et leur demanda de cette voix d'automate si particulière :

— Que faites-vous là ?

— Vous voyez, je prends le soleil, lui répondirent-ils indéfectiblement.

---

on prend le soleil. **¿ Dónde está tu hermano ? Trabajando (está)** : *il travaille.*

11. *après m'avoir regardé...* **Después de** + inf. : *après avoir* + p.p. **Después de hablarme** : *après m'avoir parlé...*

12. **hacer una pregunta :** *poser une question (interroger)* mais **plantear una cuestión** : *poser, soulever une question (problème).*

13. **secuaz (secuaces) :** péjoratif pour « *acolytes* », *sbires.*

14. **preguntar :** *questionner, interroger, demander (poser des questions)* — **Me preguntó qué hora era** : *il me demanda quelle heure il était.* **Pedir** : *demander quelque chose.* **Siempre me pide dinero** : *il me demande toujours de l'argent.*

15. **esa su voz :** tournure emphatique : *cette voix bien à lui.*

El señor grueso, con las sombras de sus sicarios pegadas a su cuerpo, se acercó de nuevo a mí y me dijo :

— ¿ Quiere usted acompañarnos ? Es muy importante.

Dieron media vuelta[1] y se encaminaron hacia el automóvil. Yo, desprendido[2] de la pared blanca, les seguía. Mis compañeros gritaron :

— ¡ Viva !

Llegamos al coche. El chófer tenía abierta ya[3] la portezuela. Me hicieron pasar a mí el primero. Al arrancar el coche mis compañeros de pared volvieron a gritar :

— ¡Viva !

Por[4] la espléndida autopista se nos hizo de noche[5]. Llegamos a una ciudad desconocida para mí, pero de la que conservaba nítidos recuerdos debidos sin duda a los sueños. Aunque lo más probable[6] es que tales recuerdos se debieran al hecho simple de hallarme[7] en aquella ciudad. Bien pudieran ser[8] recuerdos no del pasado, sino del futuro. Más de una vez he recordado[9] cosas que todavía o nunca han pasado. El hecho era que aquella ciudad era desconocida y conocida a un tiempo.

El coche se detuvo ante un palacio. Descendimos. Entramos en el palacio y la guardia del mismo nos presentó armas.

---

1. **dar media vuelta :** *faire demi-tour.* **Dar una vuelta :** *faire un tour, une promenade.* **La vuelta a Francia :** *le Tour de France.*
2. **desprender :** m. à m. : *détacher, dégager.* Comme adj. : **un hombre desprendido :** *un homme généreux, désintéressé.*
3. **tenía abierta la portezuela,** ou **había abierto :** cette construction de **tener** avec le participe affirme le fait avec plus de force. **Te tengo preparada una sorpresa :** *je t'ai préparé une surprise.* **Le tengo dicho que... :** *je vous ai déjà dit que...*
4. **Por :** la connotation de mouvement *(sur, dans)* justifie cette prép. **Se circula mal por la ciudad antigua.**
5. m. à m. : *il nous fit nuit* — **Se nos hizo de día... :** *nous vîmes le jour...* Mais : **es de día, de noche... :** *il fait jour, nuit...*

Le gros homme, les ombres de ses sicaires collées à son corps, s'approcha à nouveau de moi et me dit :

— Voulez-vous nous accompagner ? C'est très important.

Ils firent demi-tour et se dirigèrent vers l'automobile. Moi, détaché de mon mur blanc, je les suivais. Mes compagnons crièrent :

— Bravo !

Nous arrivâmes à la voiture. Le chauffeur avait déjà ouvert la portière. Ils me firent passer le premier. Lorsque la voiture démarra, mes compagnons de mur crièrent à nouveau :

— Bravo !

La nuit nous prit sur la splendide autoroute. Nous arrivâmes dans une ville qui m'était inconnue, mais dont je conservais des souvenirs précis, ce qui était dû sans doute aux rêves. Quoique le plus probable soit que ces souvenirs fussent dus au simple fait de me trouver dans cette ville. Il pouvait bien s'agir de souvenirs non pas du passé, mais du futur. Plus d'une fois je me suis souvenu de choses qui ne sont pas encore ou jamais arrivées. Le fait est que cette ville était à la fois connue et inconnue.

La voiture s'arrêta devant un palais. Nous descendîmes. Nous entrâmes dans le palais et la garde de celui-ci nous présenta les armes.

---

6. Le récit au passé explique : **lo más probable es que... se debieran a...** Au prés. on dirait : **es que... se deban a...** Ici, c'est la forme **lo probable es que...** qui entraîne le subj.
7. **hallarme,** ou **encontrarme :** *me trouver.*
8. **bien pudieran ser** ou **hubieran podido ser recuerdos... :** *ils auraient bien pu être...* ou, **« bien podían ser... » :** *ils pouvaient peut-être bien être...*
9. **de recordar : recuerdo aquel tiempo :** *je me rappelle ce temps-là ;* **acordarse de :** *se souvenir de... ;* **me acuerdo de todo :** *je me souviens de tout.*

Atravesamos largos y anchos[1] pasillos y anchos y altos salones. De vez en cuando, a un lado y a otro, nos topábamos con[2] guardias que nos presentaban armas. A un pasillo le sucedía un salón, y a un salón, un pasillo. Y siempre se entraba por una puerta orientada en otra dirección. Parecía no tener fin nuestra andadura[3]. Diríase que nos encontrábamos en un laberinto. Debimos de[4] andar muchos quilómetros antes de llegar al amplio salón en el que, por fin, nos detuvimos ante una maciza mesa. El salón era tan largo como los pasillos y tan ancho como los salones que dejamos atrás. Las paredes estaban cubiertas de espejos y el techo[5] cubierto de arañas de cristal.

El suelo era negro y tan espejeante[6] como[7] los espejos de las paredes. La maciza mesa estaba en el fondo y para llegar a ella tuvimos que andar un buen rato. Detrás de la mesa, y sobre la pared, un mapamundi extendido[8].

El señor grueso, con un ademán[9], me invitó a ocupar el único sillón que había ante la mesa. Me senté. Habló :

— Estamos a sus órdenes, excelencia.

— ¿ Qué significa eso ?

— Significa que estamos a sus órdenes, excelencia. Y significa que tiene que firmar[10] importantes documentos. Tan sólo[11] firmar, limitarse a firmar. ¿ Sabe su excelencia firmar ?

— Sí.

---

1. **largo (a) :** *long, longue ;* **ancho (a)** : *large, vaste.*
2. **toparse con alguien :** *tomber sur quelqu'un, rencontrer* (par hasard).
3. **andadura :** acción de andar : *marcher ;* connotation d'aventure que n'ont pas **marchar** ou **caminar**.
4. **deber de :** probabilité : **deben de ser (serán) las cinco** : *il doit être cinq heures.* Mais : **debes hacerlo** (obligation morale) : *tu dois le faire.*
5. **techo :** *plafond* (*toit* en Amérique latine).
6. **espejeante :** de espejear : *miroiter, reluire ;* **el espejo** : *la glace ;* **el espejismo** : *le mirage.*
7. **tan espejeante como : tanto** s'apocope toujours devant un adj. : **tan grande, tan interesante,** etc. **tan** ou **tanto... como** : **No es tan inteligente como dices** : *il n'est pas aussi*

Nous traversâmes de longs et larges couloirs et de vastes et hauts salons. De temps en temps, d'un côté et de l'autre, nous rencontrions des gardes qui nous présentaient les armes. A un couloir succédait un salon, et à un salon, un couloir. Et l'on entrait toujours par une porte orientée dans un sens différent. Notre marche semblait ne pas avoir de fin. On aurait dit que nous nous trouvions dans un labyrinthe. Nous avons dû parcourir beaucoup de kilomètres sans doute avant d'arriver au vaste salon dans lequel, enfin, nous nous arrêtâmes devant une table imposante. Le salon était aussi long que les couloirs et aussi vaste que les salons que nous avions laissés derrière nous. Les murs étaient couverts de glaces et le plafond couvert de lustres en cristal.

Le sol était noir et aussi miroitant que les glaces des murs. La table imposante était dans le fond et, pour y arriver, il nous fallait marcher un bon moment. Derrière la table, et sur le mur, était tendue une mappemonde.

Le gros homme, d'un geste, m'invita à occuper l'unique fauteuil qui se trouvait devant la table. Je m'assis. Il parla :

— Nous sommes à vos ordres, Excellence.

— Que signifie ceci ?

— Cela signifie que nous sommes à vos ordres, Excellence. Et cela signifie que vous devez signer des documents importants. Seulement signer, vous limiter à signer. Est-ce que Votre Excellence sait signer ?

— Oui.

---

intelligent que tu le dis. **Sabe tanto como tú** : *il (en) sait autant que toi.*

8. sous-entendu **(había** ou **estaba) un mapamundi** ; **el mapa de España** : *la carte d'Espagne ;* **la carta** : *la lettre ;* **el plano de una ciudad** : *le plan d'une ville.*

9. **el ademán :** (mouvement), *le geste ;* **hacer ademán de** : *faire mine, semblant de...* **el gesto** correspond très souvent à *grimace.* **Torcer el gesto** : *faire une grimace.*

10. **firmar :** *signer.* **La firma** : *signature, firme commerciale.*

11. **tan sólo :** *seulement, rien que...*

— Lo suponíamos. Por eso, y porque su excelencia es muy inteligente, muy audaz, muy valeroso, lo elegimos. Como digo, su excelencia tan sólo tiene que limitarse a firmar.

— ¿ Y qué he de firmar [1] ?

— Lo que le presente la sociedad [2]. Una ley, un decreto...

— ¿ Una ley, un decreto... ?

— Sí, son cosas de trámite [3], manías de la sociedad. Como digo, una ley, un decreto... También una declaración de guerra o una declaración de los derechos del hombre... Y confirmaciones o conmutaciones de penas de muerte... Puro trámite, manías de la sociedad, excelencia.

— Me duele la cabeza, quisiera descansar.

— Aquí tiene el juego de timbres [4]. Los rojos pertenecen a su servicio militar, los verdes, a su servicio civil. Los amarillos corresponden a su servicio privado. Ahora, si quiere descansar, puede apretar [5] este botón y acudirá su mayordomo de cama [6]. Y si quiere descansar junto a una mujer, apriete este botón rosa. Podrá elegir, si es que no está muy cansado. Sus habitaciones particulares, excelencia, están a sus espaldas. Nos retiramos, excelencia. Que descanse [7]. A sus órdenes, excelencia.

Y el señor grueso y sus dos sicarios dieron media vuelta inclinando la cabeza reverente y se retiraron. Yo quedé contemplándoles cómo [8] se alejaban. Pero nunca terminaban de alejarse.

---

1. **haber de** + inf. : forme d'obligation (devoir) utilisée souvent au prés. avec valeur de fut. **He de hacerlo = lo haré** : *je le ferai.*

2. sous-entendu : **firmará ud** ; *(vous signerez) ce que la société vous présentera.* Observer donc le subj. espagnol : **presente (presentar)** dans la subordonnée de relatif dépendant d'une principale au futur. **Hará usted lo que yo quiera** : *vous ferez ce que je voudrai.*

3. **un trámite :** *démarche, formalité administrative ;* **tramitar** : *faire les démarches nécessaires pour...*

4. **timbres :** ici : *sonnette, sonnerie ;* **tocar el timbre** : *sonner ;* on dit : **timbre fiscal** mais **sello** : *timbre-poste.*

5. **apretar :** *serrer ;* ici : *appuyer sur.*

— Nous le supposions. C'est pour cela, et parce que Votre Excellence est très intelligente, très audacieuse, très courageuse que nous l'avons élue. Comme je le dis, Votre Excellence doit seulement se limiter à signer.

— Et que dois-je signer ?

— Ce que la société vous présentera. Une loi, un décret...

— Une loi, un décret ?

— Oui, ce sont des formalités, des manies de la société. Comme je dis, une loi, un décret... Egalement une déclaration de guerre ou une déclaration des droits de l'homme... et des confirmations ou des commutations de peines de mort... Pures formalités, manies de la société, Excellence.

— J'ai mal à la tête, je voudrais me reposer.

— Voici le jeu de timbres. Les rouges correspondant à votre maison militaire, les verts à votre maison civile. Les jaunes sont ceux de votre service privé. Maintenant, si vous voulez vous reposer, vous pouvez appuyer sur ce bouton et votre valet de chambre viendra. Et si vous voulez vous reposer près d'une femme, appuyez sur ce bouton rose. Vous pourrez choisir, si vous n'êtes pas trop fatigué. Vos appartements particuliers, Excellence, se trouvent derrière vous. Nous nous retirons, Excellence. Reposez-vous bien. A vos ordres, Excellence.

Et le gros homme et ses deux sicaires firent demi-tour en inclinant la tête de façon respectueuse et se retirèrent. J'observai la façon dont ils s'éloignaient. Mais ils n'en finissaient pas de s'éloigner.

---

6. *valet de chambre ;* **mayordomo** : *maître d'hôtel* (domestique).
7. **que descanse :** *reposez-vous bien ;* en style direct : **que** + subj. présent, exprime un souhait ou un ordre ; **que vengas a vernos** : *viens nous voir ;* **que me escribas pronto** : *écris-moi vite ;* **¡ que te calles ! (callarse)** : *tais-toi ;* **¡ que aproveche** ! (de **aprovechar** : *profiter*) : *bon appétit.*
8. **cómo :** *comment ;* **como** : *comme.*

Cerré los ojos, pero como si no[1], los seguía viendo alejarse. Me tapé los ojos cerrados con las manos. Aun así los seguía viendo[2] alejarse. Estaba muy cansado. Apoyé la cabeza sobre la mesa. Me dormí.

Al despertar sentí grandes deseos de orinar. Pulsé uno de los botones amarillos. Nadie acudió. Me levanté. Abrí una puerta. Descendí unas escaleras[3]. En seguida me encontré en la calle. Era de noche.

Todo mi afán[4] era encontrar un urinario público. Pero ¿ dónde estarían los urinarios públicos ? Me acerqué a[5] un transeúnte.

— Oiga[6], por favor, ¿ el urinario más próximo ?

— Subiendo por aquí, en la glorieta.

Me encaminé por la dirección[7] señalada. No tardé en[8] llegar a la glorieta. Allí no había ningún urinario. Unicamente había un puesto de flores. Pregunté en el puesto de flores :

— Por favor, ¿ el urinario más próximo ?

— Al terminar el bulevar, a la derecha.

Me encaminé por el bulevar. Este terminó. A la derecha no había más que un puesto[9] de periódicos. Me acerqué al puesto.

— Por favor, ¿ el urinario más próximo ?

El hombre del puesto, mutilado de la guerra, sin duda, pues se servía de sendos ganchos[10] sujetos a las mancas muñecas[11] y en su frente[12] se dibujaba el orificio de una bala, miró sigilosamente a un lado y a otro y, acercándose al oído, me dijo :

---

1. **como si no** ou **como si nada :** *comme si de rien n'était, comme si cela ne servait à rien.*

2. rappel : **seguir** + gérondif : *continuer à* + inf. : *je continuais de les voir... je les voyais toujours...*

3. **unas escaleras :** cet indéfini espagnol rend bien l'idée de « **escaliers** » que notre protagoniste ne connaissait pas.

4. **el afán :** ici : *souci, souhait véhément, efforts ;* **afán de venganza** : *soif de vengeance ;* **afanarse** : *travailler beaucoup, se donner du mal pour...*

5. **acercarse a :** *s'approcher de...*

6. **oiga :** (de oír : *entendre*), *manière habituelle d'interpeller quelqu'un. Dites-moi.* **Oye por favor...** : *dis-moi s'il te plaît...* formule usuelle au téléphone de celui qui appelle : **oiga** ? et la réponse : ¡ **Diga** ! ou ¡ **dígame** !.

7. **por la dirección :** **por,** ici : *du côté de...* ¿ **Por dónde**

Je fermai les yeux, mais c'était inutile, je les voyais toujours s'éloigner. De mes mains je bouchais mes yeux fermés. Même ainsi, je continuai à les voir s'éloigner. J'étais très fatigué. J'appuyai ma tête sur la table. Je m'endormis.

En me réveillant, je ressentis une vive envie d'uriner. J'appuyai sur un des boutons jaunes. Personne ne vint. Je me levai. J'ouvris une porte. Je descendis des escaliers. Aussitôt je me trouvai dans la rue. Il faisait nuit.

Tout mon souci était de trouver un urinoir public. Mais, où pouvaient bien se trouver les urinoirs publics ? Je m'approchai d'un passant :

— Dites-moi, s'il vous plaît, l'urinoir le plus proche ?

— En montant par-là, sur le rond-point.

Je m'avançai dans la direction indiquée. Je ne tardai pas à arriver au rond-point. Il n'y avait aucun urinoir. Il n'y avait qu'un kiosque à fleurs. Je demandai au kiosque à fleurs :

— S'il vous plaît, l'urinoir le plus proche ?

— Au bout du boulevard, à droite.

Je pris le boulevard. Celui-ci se termina. A droite il n'y avait qu'un kiosque à journaux. Je m'approchai du kiosque.

— S'il vous plaît, l'urinoir le plus proche ?

L'homme du kiosque, mutilé de guerre, sans doute, car il se servait de deux crochets assujettis à ses moignons, et sur son front se dessinait l'orifice d'une balle, regarda discrètement d'un côté et de l'autre, et se penchant à mon oreille, me dit :

---

vives ? : *de quel côté habites-tu ?* **la dirección** : *direction,* mais aussi : *l'adresse (le domicile).* **Dirigirse a** : *se diriger* et *s'adresser à quelqu'un.*

8. **tardar en** : *tarder, mettre du temps à...* **Tarda en llegar** : *il est long à arriver.*

9. **un puesto de periódicos** : *marchand de journaux — petite boutique — un étal* (au marché).

10. **ganchos** : *crochets ;* **sendos** : distributif : sert à attribuer un objet à chaque unité. Ici, **sendos ganchos sujetos a...** : *chaque crochet attaché à...*

11. m. à m. : **« les poignets manchots »**, donc *les moignons* **(muñón, muñones)**. Ces précisions d'un réalisme cru contrastent avec le caractère onirique, irréel de la nouvelle, tout en accentuant son côté inquiétant, cauchemardesque.

12. **la frente** : *le front ;* mais : **el Frente Popular** : *le Front Populaire.*

— No se aguante [1], hágalo en cualquier sitio.

Me alejé. No podía más. Pero anduve y anduve. Tanto que llegué a las afueras de la ciudad. Y allí, en una tapia [2] solitaria, hice la necesidad que ya no podia aplazar [3] un segundo más. Al principio fue doloroso, pero, poco a poco, fui sintiendo un placer inefable.

Di media vuelta. Avancé algunos pasos. Pero me encontré de cara a un intenso y helador frío. Retrocedí empujado por el frío. Mi espalda quedó pegada a la pared [4]. Me subí el cuello [5] de la americana [6]. Me metí las manos en los bolsillos del pantalón. Debí de dormirme porque al abrir los ojos estaba amaneciendo [7].

La tapia era blanca. Una fila de hombres estaba pegada a ella por sus espaldas.

Alguien dijo :

— Qué frío.

Y todos, a un tiempo, exclamamos :

— ¡ Dios mío !

---

1. **aguantarse :** ici : *se retenir ;* **aguantar** : *endurer, supporter ;* **no puedo aguantarlo** : *je ne peux pas le souffrir, le supporter.*
2. *mur de clôture.*
3. **aplazar :** *différer, ajourner ;* **el plazo** : *le délai.* **Pagar a plazos** : *payer à crédit.* **A corto plazo** : *à court terme.*
4. m. à m. : *mon dos resta collé au mur,* d'où : *se retrouva* (cf. 2e phrase du récit).
5. *le col, le cou.*
6. *le veston ;* **la chaqueta** : *la veste.*
7. de **amanecer** : *le jour se levait.*

— Ne vous retenez pas, faites n'importe où.

Je m'éloignai. Je n'en pouvais plus. Mais je marchai et je marchai. Tellement que j'arrivai aux faubourgs de la ville. Et là, contre un mur de clôture, solitaire, je fis le besoin qui ne pouvait plus attendre une seconde de plus. Au début, ce fut douloureux, mais, peu à peu, je ressentis un plaisir ineffable.

Je fis demi-tour. J'avançai de quelques pas. Mais je me trouvai en face d'un froid intense et glacial. Je reculai, poussé par le froid. Je me retrouvai le dos collé au mur. Je remontai le col de ma veste. Je mis les mains dans les poches de mon pantalon. Je dus m'endormir parce que, en ouvrant les yeux, le jour se levait.

Le mur de clôture était blanc. Une rangée d'hommes y avait le dos collé.

Quelqu'un dit :

— Quel froid !

Et tous, en même temps, nous nous écriâmes :

— Mon Dieu !

Miguel DELIBES

La contradicción

La contradiction

Né à Valladolid en 1920, Miguel Delibes fut révélé par son roman *La Sombra del ciprés es alargada,* qui obtint le prix Nadal en 1947. Il a su créer un monde fictif inimitable, à l'écart des modes littéraires, qui reflète les détails de la vie quotidienne, le langage populaire et l'humour.

Il a notamment publié *El Camino, Diario de un cazador, Las Ratas, La Primavera de Praga, Cinco horas con Mario, El Disparatado voto del señor Cayo, Viejas historias de Castilla la Vieja, Los Santos inocentes,* qui vient d'être porté à l'écran, et *El Tesoro* (1985).

Les deux nouvelles qui suivent, tirées de la *Partida* (Barcelone, Caralt, 1954), sont centrées sur la vie de province saisie dans son aspect social réaliste. Les scènes prises sur le vif rappellent avec une étonnante vérité l'Espagne des années cinquante.

Tenía rojo lo blanco de los ojos y al abrirlos observó, abrumado, las paredes y los muebles. La blancura de la salita le deslumbraba. Sor Matilde se aproximó [1] suavemente a su lecho :

— Hijo, ¿ estás [2] mejor ?

El hizo un esfuerzo desmedrado y de sus labios exangües surgió un gruñido. Se los humedeció con la punta de la lengua y gruñó de nuevo. Miraba a la monja [3] con lo rojo de los ojos en lugar de con las pupilas, como los perros díscolos cuando comen. Dijo sor Matilde :

— Aguarda. Voy a avisar.

El era todavía un muchachito que antes de ser arrollado [4] se enternecía escuchando el pasodoble *El Valiente* [5]. Luego no, porque sentía el pecho como si tuviera descansando sobre él una apisonadora, y de cuando en cuando [6] le asaltaba la impresión de que las costillas de delante se juntaban con las de atrás y le estrujaban los pulmones. A veces pensaba que en su pecho había una inscripción : « Carga, 3.000 kilógramos. » El médico le previno una hora antes a sor Matilde : « Cuatro costillas fracturadas. Probable fractura de la base del cráneo. Conmoción visceral. Pronóstico muy grave. » El muchachito [7] no experimentaría [8] ahora emoción alguna [9] escuchando los compases [10] de *El Valiente*. Sólo apetecía [11] que la apisonadora se apease [12] de su pecho, poder respirar. Dijo :

— Un momento, madre.

---

1. **aproximarse a, acercarse a :** *s'approcher de ;* **alejarse de** : *s'éloigner de...*
2. **estar :** sens d'*aller ;* **¿ Cómo está usted ?** *Comment allez-vous ?*
3. **la monja :** *religieuse, bonne sœur ;* **monje** : *moine.*
4. **arrollar :** *renverser.* **Lo arrolló un coche** : *il s'est fait renverser par une voiture.*
5. air très populaire dans les années 50 ; **valiente** : *vaillant, courageux, fanfaron, matamore.*
6. ou, **de vez en cuando** : *de temps en temps, par moments.*
7. diminutif de **muchacho** : affectif, connotation de « frêle » ; c'est un peu la vision que sœur Matilde a de lui.
8. Conditionnel hypothétique au passé ; *ne devait pas*

Le blanc de ses yeux était rouge et, en les ouvrant, il observa, accablé, les murs et les meubles. La blancheur de la petite pièce l'éblouissait. Sœur Mathilde s'approcha doucement de son lit :

— Mon fils, te sens-tu mieux ?

Il fit un effort démesuré et de ses lèvres exsangues surgit un grognement. Il les humidifia avec le bout de sa langue et grogna à nouveau. Il regardait la religieuse de travers avec le rouge des yeux, au lieu des pupilles, comme le font les chiens turbulents quand ils mangent. Sœur Mathilde dit :

— Attends. Je vais appeler.

C'était encore un jeune gamin qui avant d'être renversé était ému en écoutant le paso doble *El Valiente*. Maintenant non, parce qu'il avait la poitrine comme écrasée par un rouleau compresseur, et, de temps en temps, il avait soudainement l'impression que les côtes de devant rejoignaient celles de derrière et lui écrasaient les poumons. Parfois il pensait qu'il y avait sur sa poitrine une inscription : « Charge 3 000 kilogrammes ». Le médecin avait prévenu sœur Mathilde une heure auparavant : « Quatre côtes fracturées. Probablement fracture de la base du crâne. Commotion viscérale. Pronostic très grave. » Le gamin n'aurait maintenant ressenti aucune émotion en écoutant les mesures du *Valiente*. Il ne souhaitait qu'une chose, c'était que le rouleau compresseur descende de sa poitrine, et pouvoir respirer. Il dit :

— Un instant, ma mère.

éprouver (cf. au prés. **no experimentará** : *ne doit pas ressentir, éprouver...*).

9. **emoción alguna** ou **ninguna emoción.**

10. **el compás :** en musique *l'air, le rythme ;* **seguir el compás** : *battre la mesure.*

11. **apetecer :** ici, **desear** : *souhaiter, vouloir ;* sens courant : « *dire* », *faire envie.* **No me apetece, salir hoy** : *cela ne me dit rien de sortir aujourd'hui.*

12. **« apetecía que... se apeara (ase) :** noter la concordance des temps observée même dans la langue parlée. Au prés. : **apetece que... se apee (apearse** : *descendre* de cheval, d'un train...).

Sor Matilde sonrió hacia arriba. Formaban sus labios un hociquillo [1] extravagante al tratar de sonreír. Se acercó a él y le tocó la frente con extremada delicadeza :

— No soy madre, soy hermana.

— Hermana, bien.

— Sor Matilde.

— Bueno, sor Matilde... Yo tuve [2] una hermana que quiso ser hermana como usted. Era Modes, la segunda. No tenía seis años y me dijo un día : « Yo quiero ser monja, ¿ me comprendes o no ? »

Sor Matilde sonrió alzando el labio superior. Tomó una mano del enfermo y le buscó el latido del pulso. No lo encontraba y cerró la boca con un gesto contrariado. Al hacerlo se dibujaba más relevante la curva de su mandíbula. No era duro su rostro [3], empero [4]. Sus ojos desbordaban una alegría rutilante. La superiora le decía : « Esos ojos, sor Matilde, esos ojos. ¡ Bendito sea el nombre del Señor [5] ! », pero ella sentía una curiosidad invencible por las cosas de fuera [6]. No acertaba a [7] remediarlo. « Mi curiosidad se la ofrendo a Dios », solía decirse [8] en los momentos de recogimiento. Ahora miraba al muchacho compasivamente. Le imbuía una suerte de estupor constatar la debilidad, casi imperceptible, del pulso. El doctor le dijo una hora antes : « Avise si recobra el conocimiento. El juez espera. Aún no ha sido identificado. » Ella pensó : « Se va a morir. ¡ Oh Dios, va a morirse este crío [9] ! » Dijo el muchachito :

---

1. dim. affectif de **hocico** : *museau.*
2. **tuve, quiso (tener, querer)** : on aurait pu dire : **tenía, quería**, mais l'imparfait n'aurait pas rendu aussi bien le côté révolu, lointain des propos de notre jeune héros.
3. **el rostro :** *le visage, la figure ;* **tener mucho rostro** : *avoir du toupet ;* **torcer el rostro (la cara)** : *faire la grimace.*
4. **empero :** littéraire, pour : *cependant, néanmoins.* Plus courant : **sin embargo**.
5. m. à m. : *« Béni soit le nom du Seigneur ! »* ou *« Dieu soit loué ».* L'expression, ici, voudrait dire plutôt : *« vade retro satanas ! »*
6. m. à m. : *« les choses de dehors »,* d'où : *les choses du monde, de la vie,* hors du monde fermé du couvent.

Sœur Mathilde sourit, les yeux au ciel. Ses lèvres dessinaient une petite grimace extravagante en essayant de sourire. Elle s'approcha de lui et lui toucha le front avec une infinie délicatesse :

— Je ne suis pas mère, mais sœur.

— Bien, ma sœur.

— Sœur Mathilde.

— Bon, sœur Mathilde... J'ai eu une sœur qui voulait être religieuse comme vous. C'était Modes, la seconde. Elle n'avait pas encore six ans et elle m'a dit un jour : « Je veux être religieuse, tu me comprends, n'est-ce pas ? »

Sœur Mathilde sourit en relevant la lèvre supérieure. Elle prit une main du malade et chercha le battement de son pouls. Elle ne le trouva pas et ferma la bouche d'un geste contrarié. Ce faisant, la courbe de sa mandibule se dessinait de façon plus nette. Son visage n'était pourtant pas dur. Ses yeux brillants débordaient de joie. La supérieure lui disait : « Ces yeux, sœur Mathilde, ces yeux. Mon Dieu ! Mon Dieu ! », mais elle éprouvait une curiosité invincible pour les choses du monde. Elle n'y pouvait rien. « C'est à Dieu que j'offre ma curiosité », se disait-elle pendant ses moments de recueillement. Maintenant elle regardait le garçon avec compassion. Elle était imprégnée d'une sorte de stupeur en constatant la faiblesse, presque imperceptible, du pouls. Le docteur lui avait dit, une heure avant : « Prévenez-moi s'il reprend connaissance. Le juge attend. Il n'a pas encore été identifié. » Elle pensa : « Il va mourir. Oh ! Mon Dieu, cet enfant va mourir ! » Le gamin dit :

---

7. **acertar a** + inf. : *parvenir à, pouvoir, réussir à ;* **acertar** (intr.) : *voir juste, trouver, atteindre sa cible :* **acertar, dar en el blanco.**

8. **solía decirse :** *se disait-elle souvent, avait-elle l'habitude de se dire ;* **soler** + inf. : **suelo levantarme temprano :** *je me lève tôt* (d'habitude, généralement).

9. **crío :** *bébé* (familier) ; par extension : *gosse, petit ;* (**criar** : *allaiter, nourrir, élever*).

— ¿ Quiso usted ser hermana desde chiquitina [1], madre ?

Pensó el muchachito que sor Matilde era como *El Valiente*, una emoción circunstancial [2]. Pero las costillas le oprimían ; tosió levemente y parecía que [3] los ojos fueran a estallarle. Ella le acomodó la cabeza sobre la almohada :

— Yo quise ser bailarina.

— ¿ Bailarina ?

— Quise ser bailarina cuando tenía la edad de tu hermana, la que quería ser monja. Tu hermana, ¿ fue monja luego ?

— ¡ Oh, no ! Ella reside aquí. Yo venía a buscarla porque necesitaba encontrar trabajo, madre. Dígame : ¿ hay algún convento en la calle de la Pureza [4] ?

Sor Matilde se sonrojó levemente :

— ¡ Calla, criatura [5] !

— Mi hermana vive en la calle de la Pureza, ¿ comprende usted ? Si está en un convento, yo sé que ese convento no es de clausura [6].

Sonreía el muchacho vagamente. La sonrisa quedó adherida a sus labios de manera inevitable [7].

— Agua, madre, por favor.

Sor Matilde le aproximó el vaso a los labios [8] y él bebió sacando la lengua, salpicando como los perros. Al beber recordó el chirrido del frenazo [9] y le recorrió los dedos un hormiguillo como cuando su hermano Félix, el camarero, le dejaba beber un chorro de seltz. Dijo :

---

1. **chiquitina :** (dim. de **chico(a)** : *petit(e)*.
2. m. à m. : « *émotion circonstancielle.* » Sens de *sensation (bien-être) exceptionnelle, rare.*
3. **parecía que** + imp. du subj. : *on aurait cru (dit) que...* **Parece que** + indicatif : *on dirait, on croirait que...*
4. **Pureza :** *pureté.* Fig. : *virginité.*
5. courant pour *enfant, gosse.*
6. **convento de clausura :** *couvent cloîtré...* **monjas de clausura** : *des cloîtrées.* Intention ironique amère évidente : les maisons de la rue de **la Pureza** (mal famée d'après le rougissement de sœur Matilde) ne sont pas précisément des maisons de religieuses cloîtrées...
7. expression figée de la douleur, de la gravité de son état.

— Vous avez voulu être religieuse depuis que vous étiez toute petite, ma mère ?

Le gamin pensa que sœur Mathilde était comme *El Valiente*, une émotion exceptionnelle. Mais ses côtes l'opprimaient ; il toussa légèrement et on aurait dit que ses yeux étaient sur le point d'éclater. Elle lui arrangea la tête sur l'oreiller :

— Je voulais être danseuse.

— Danseuse ?

— Je voulais être danseuse quand j'avais l'âge de ta sœur, celle qui voulait être religieuse. Ta sœur est-elle devenue religieuse ensuite ?

— Oh non ! Elle habite ici. Je venais justement la chercher parce que j'avais besoin de trouver du travail, ma mère. Dites-moi : y a-t-il un couvent dans la rue de la Pureté ?

Sœur Mathilde rougit légèrement :

— Tais-toi mon enfant !

— Ma sœur vit dans la rue de la Pureté, comprenez-vous ? Si elle est dans un couvent, je sais que ce n'est pas un couvent de sœurs cloîtrées.

Le gamin souriait vaguement. Le sourire resta soudé à ses lèvres, et demeura figé.

— De l'eau, ma mère, s'il vous plaît.

Sœur Mathilde approcha le verre de ses lèvres et il but en tirant la langue, en éclaboussant comme les chiens. En buvant il se souvint du grincement du coup de frein et ses doigts furent parcourus d'un fourmillement comme lorsque son frère Félix, le garçon de café, lui laissait boire un jet d'eau de Seltz. Il dit :

---

8. m. à m. : « *lui rapprocha le verre des lèvres* ». L'espagnol emploie fréquemment un pron. personnel à la place de l'adj. possessif français ; **se tomó la medicina** : *il prit son médicament.*

9. augmentatif de **freno,** *frein : coup de freins ;* **puño, puñetazo** : *poing, coup de poing.*

— El del camión[1] vino por mí[2], madre. Eso no hay quién[3] me lo quite de la cabeza.

El peso del pecho se le hizo[4] insoportable. Le recreaban[5] los movimientos sigilosos y exactos de sor Matilde, su eficacia queda. Se le antojó[6] que tenía un aplomo de esposa. Inmediatamente pensó que las monjitas son las esposas de Cristo. Evocó de nuevo la Modes. Su cerebro daba muestras[7] de una atropellada actividad. Dijo sor Matilde :

— Aguarda, hijo. Voy a avisar al doctor.

— ¡ No ! — dijo él —. El no va a mejorarme. Espere, hermana. Mi hermana es una perdida. No se lo dije antes, ¿ verdad ?... Tal vez fuese[8] por orgullo...

Sor Matilde se detuvo en la puerta. Estaba habituada a velar a la muerte, y, sin embargo, ahora se le hacía todo aquello[9] una contradicción. « Es un muchachito — pensó —. No tendrá arriba de[10] los dieciocho. » Regresó[11] junto a la cabecera del lecho[12]. Se dijo : « Debió vivir un ambiente pecaminoso[13] ». El hacía un ruidito extraño con la lengua. Dijo :

— Siéntese aquí un ratito, madre. Junto a mí. Podemos charlar de muchas cosas.

— ¡ Alabado sea el Señor[14], hijo ! El te quite de la cabeza esos malos pensamientos — dijo sor Matilde.

El muchachito entornó los ojos. Sin saber por qué experimentaba unos atroces deseos de *El Valiente* y la hermana era para él exactamente como *El Valiente*.

---

1. m. à m. : « *celui* » *du camion*... ellipse courante de « **el tío, el tipo del camión** ».
2. **vino (venir) por mí :** m. à m. : *est venu (vint) pour moi ;* **venir, ir por** : *venir, aller chercher.*
3. **no hay quien** + subj. : *personne ne peut, ne pourra...* **no hay quien lo haga** : *personne ne sait le faire, c'est impossible à faire.*
4. **hacerse** ou **volverse** + adj. : *devenir* + adj.
5. **recrear :** *distraire, réjouir, délasser ;* **el recreo** : *la récréation ;* **viaje de recreo** : *voyage de plaisance.*
6. *eut l'idée, il lui vint à l'esprit ;* **los antojos** : *envies* d'une femme enceinte, *caprices* d'un enfant.
7. **dar muestras de :** *faire preuve de, dénoter, montrer.*
8. **tal vez, quizás fuera (fuese)... :** *c'était, ce fut peut-être...*

— Le chauffeur du camion a voulu m'avoir, ma mère. Personne ne m'enlèvera cela de la tête.

Le poids de sa poitrine lui devint insupportable. Les mouvements discrets et précis de sœur Mathilde, son efficacité tranquille le distrayaient. Il lui passa par la tête qu'elle avait l'attitude sereine d'une épouse.

Immédiatement, il pensa que les petites religieuses étaient des épouses du Christ. Il évoqua à nouveau Modes. Son cerveau donnait des signes d'une activité fébrile. Sœur Mathilde dit :

— Attends, mon enfant. Je vais prévenir le docteur.

— Non ! dit-il. Il ne va pas me soulager. Attendez, ma sœur. Ma sœur est une fille perdue. Je ne vous l'ai pas dit avant, n'est-ce pas ? C'était peut-être par orgueil...

Sœur Mathilde s'arrêta à la porte. Elle était habituée à veiller la mort, et, cependant, maintenant tout cela lui semblait être en contradiction. « C'est un enfant, pensa-t-elle, il ne doit pas avoir plus de dix-huit ans. » Elle revint au chevet du lit. Elle se dit : « Il a dû vivre dans une ambiance de péché. » Il faisait un petit bruit étrange avec sa langue. Il dit :

— Venez vous asseoir ici un petit moment, ma mère. Près de moi. Nous pourrions parler de beaucoup de choses.

— Mon Dieu ! mon enfant, que le Seigneur t'enlève de la tête ces mauvaises pensées, dit sœur Mathilde.

Le gamin entrouvrit les yeux. Sans savoir pourquoi, il éprouvait un violent besoin d'écouter *El Valiente* et en ce moment, la sœur s'identifiait pour lui à ce besoin.

---

9. **todo aquello :** *tout cela* (dans le passé) ; **Todo esto :** *tout ceci, cela* (présent) ; **todo eso :** *tout cela* (dont on parle).
10. **arriba :** m. à m. : *en haut ;* **arriba de, más de, por encima de :** *plus de, au-dessus de...*
11. **regresar, volver :** *revenir, retourner.*
12. **la cabecera del lecho :** *la tête du lit* (**cabeza** : *tête*) ; **a la cabecera del enfermo** : *au chevet du malade.*
13. **pecaminoso :** m. à m. : *pecamineux, coupable ;* **de pecado** : *péché.* Sens de : *censurable, blâmable, immoral.* Clin d'œil de l'auteur : à cette époque et pour la morale régnante tout ou presque était « **pecaminoso** », *pas convenable.*
14. m. à m. : *le Seigneur soit loué !*

Por primera vez, desde el atropello[1], necesitaba música cerca. Gimió :

— Madre, ¿ es que no hay un gramófono en toda la ciudad ? ¿ En el mundo entero ?

— ¿ Un gramófono ?

De nuevo pensó[2] el muchacho en su hermana, cuando vivían juntos a la orilla del lago y la madre les obligaba a acarrear[3] agua para los veraneantes[4].

— Si ella hizo eso fue por necesidad, madre.

— ¿ Qué quieres decir ?

— Otras van al vicio por el vicio, madre. Ella no. Era débil y no tenía fuerzas para pasar el día acarreando[5] cántaros de agua. No sé si se lo dije, hermana, que ella quiso ser monja.

El agobio[6] del pecho le hizo detenerse.

— Bien — dijo sor Matilde —, no debes pensar en ello ahora. ¿ Cómo van tus cuentas con el Señor ?

— ¡ Hum... ! — dijo el muchachito.

Ella presentía la muerte. No se equivocaba cuando captaba su breve temblor en las albas antenas de su toca[7]. Ahora ya no quería marcharse[8], porque en el breve trayecto el muchachito podría escapar[9].

— ¡ Hijo, hijo...! — insistió con un impaciente apremio[10] en la voz —. Di para tí, con toda tu alma : « Señor de los Cielos ; de todo corazón me pesa[11] haberos ofendido[12]. »

---

1. m. à m. : « *depuis le renversement* », c'est-à-dire *depuis l'accident* où il avait été renversé par un camion.
2. ou **volvió a pensar** : *il pensa à nouveau...*
3. *transporter, charrier.* Fig. : *entraîner, occasionner.* **La crisis acarrea consecuencias graves** : *la crise entraîne...*
4. **los veraneantes :** *estivants, vacanciers ;* **el verano** : *l'été ;* **el veraneo** : *les vacances d'été, la villégiature.*
5. **pasar** + gérondif. **Se pasa el tiempo durmiendo** : *il passe son temps à dormir.*
6. **el agobio :** *oppression,* mais aussi *angoisse, accablement.*
7. **la toca :** *coiffe, cornette* (de religieuse).
8. **ya no quería marcharse :** *elle ne voulait plus partir ; plus* (temps) : **ya**. Mais : **No quiero más** : *je n'en veux plus* (quantité).

Pour la première fois depuis l'accident, il avait besoin de musique près de lui. Il gémit :

— Ma mère, n'y a-t-il pas un gramophone dans toute la ville ? Dans le monde entier ?

— Un gramophone ?

A nouveau, le gamin songea à sa sœur, lorsqu'ils vivaient ensemble sur la rive du lac et que leur mère les obligeait à porter de l'eau pour les estivants.

— C'était par obligation, ma mère, si elle a fait ça.

— Que veux-tu dire ?

— C'est par vice que d'autres s'adonnent au vice, ma mère. Mais pas elle. Elle était faible et n'avait pas la force de passer sa journée à porter des cruches d'eau. Je ne sais pas si je vous l'ai dit, ma sœur, qu'elle voulait devenir religieuse.

L'oppression de sa poitrine l'obligea à s'arrêter.

— Bien, dit sœur Mathilde, tu ne dois pas penser à cela maintenant. Où en sont tes comptes avec le Seigneur ?

— Hum... ! dit le gamin.

Elle pressentait la mort. Elle ne se trompait pas lorsqu'elle captait son propre tremblement, au mouvement des antennes blanches de sa cornette : maintenant elle ne voulait plus partir, parce que durant le bref trajet, le gamin pouvait s'en aller.

— Mon fils, mon fils... ! insista-t-elle avec impatience, d'un ton pressant. Récite, de toute ton âme : « Seigneur des Cieux, de tout mon cœur, je regrette de vous avoir offensé. »

---

9. **m. à m.** : *échapper.* Sens évident de *partir, mourir.*
10. *urgence, empressement ;* **apremiar** : *presser.* **El tiempo apremia** : *le temps presse.*
11. **pesar :** *regretter.*
12. **« haberos ofendido » :** cette forme ancienne de vouvoiement (2e pers. du pl., comme en français) est exceptionnelle aujourd'hui. Le vouvoiement dans la langue courante se fait à la 3e personne. On dira : **« haberle ofendido (a usted). »**

El pensó : « Con música cerca me sería más fácil. » El sabía que la música despertaba en su pecho una remoción[1] de sentimientos. Sintió de nuevo el frenazo como un chorro de seltz. Se estremeció. Le escocían los ojos de tenerlos abiertos, y de pronto[2], impensadamente, le dolía la rodilla derecha. Pero no imaginó que estuviera acabado[3], sino que pensó en vivir y en redimir[4] a la Modes, y así lo dijo.

— Ese es un hermoso propósito[5], hijo — dijo sor Matilde —. ¿ Pediste perdón a Dios ?

— Bueno — añadió él, ahora penosamente —. Si he de[6] llamar « hermano mío » al conductor, me temo que[7] ello no va a ser posible, madre.

— ¿ Tanto le odias ?

— Compréndame. El me la jugó[8], madre. Se metió en[9] la acera mientras yo preguntaba a un transeúnte por la calle de la Pureza. No hay ningún convento de clausura en la calle de la Pureza, ¿ no es cierto, madre ?

— ¡ Calla, criatura !

— Bien.

— Recógete en tí y eleva tu alma al Señor.

La boca del muchachito maduró[10] súbitamente en un rapto[11] de rebeldía :

— ¿ Es que voy a morirme, madre ? ¿ Dijo eso el doctor ?

Sor Matilde le buscó el pulso y contaba mientras rezaba. Luego aguzó el oído[12] por si se oyeran pasos[13] en el corredor. Había decidido no separarse de él.

---

1. m. à m. : *remuement, remaniement.*
2. **de pronto :** *soudain, tout à coup ;* **de repente.**
3. m. à m. : ...« *qu'il soit (fût) fini* », d'où : ...*que cela puisse (pût) être fini pour lui.*
4. m. à m. : *racheter* (sens moral).
5. *propos, intention, dessein.*
6. **haber** ou **tener que** + inf. : expression de l'obligation, du devoir. **Haber de** au prés. ; valeur de futur. **He de hacerlo** : *je le ferai.*
7. **temerse que... :** *craindre que...* **Me lo temo** : *j'en ai bien peur.*
8. **jugársela a alguien :** *jouer un mauvais tour à qqn.* **Nos la jugó** : *il nous a « eus ».*

Il pensa : « Cela me serait plus facile avec de la musique près de moi. » Il savait que la musique veillait et bouleversait son cœur, ses sentiments. Il ressentit à nouveau le coup de frein ; comme un jet d'eau de Seltz. Il frémit. Ses yeux le brûlaient à force de rester ouverts, et tout à coup, à l'improviste, le genou droit lui fit mal. Mais il n'imagina pas que cela pût être fini pour lui, au contraire, il pensa à vivre et à racheter Modes, et c'est ce qu'il dit.

— Voilà une belle intention, mon fils, dit sœur Mathilde. As-tu demandé pardon à Dieu ?

— Je veux bien, ajouta t-il, avec difficulté cette fois. S'il faut que j'appelle le chauffeur « mon frère », je crains que cela ne soit pas possible, ma mère.

— Tu le hais tant que cela ?

— Comprenez-moi. Il m'a eu, ma mère. Il est monté sur le trottoir pendant que je demandais à un passant où était la rue de la Pureté. Il n'y a aucun couvent cloîtré dans la rue de la Pureté, n'est-ce pas, ma mère ?

— Tais-toi mon enfant !

— Bien !

— Recueille-toi au fond de toi-même et élève ton âme vers le Seigneur.

La bouche du gamin se durcit subitement dans un accès de rébellion.

— Est-ce que je vais mourir, ma mère ? C'est ce qu'a dit le docteur ?

Sœur Mathilde chercha son pouls et comptait, tandis qu'elle priait. Ensuite elle dressa l'oreille au cas où on entendrait des pas dans le couloir. Elle avait décidé de ne pas le quitter.

---

9. **meterse en :** *s'introduire, entrer, se jeter, s'engager ;* **meterse con alguien** : *embêter, taquiner ;* **meterse en todo** : *se mêler de tout.*

10. **madurar :** *mûrir.* Sens de *vieillir :* le rictus de ses lèvres était celui d'un adulte.

11. **rapto :** *impulsion, élan ;* **rapto de ira** : *accès de colère ;* **el rapto de un hombre político** : *l'enlèvement d'un homme politique.*

12. **aguzar el oído :** *tendre, dresser l'oreille ;* **aguzar la vista** : *regarder attentivement.*

13. ou, **por si se oían pasos...** : au cas où on entendrait des pas... **Por si acaso** : *au cas où, si par hasard...*

Reparó, de pronto, en sus oscuras manos, demasiado grandes, de yemas achatadas por el trabajo. La uña del pulgar derecho estaba partida en dos.

— No es eso, hijo. Pero nunca está de más ponerse a bien con el Señor.

El muchachito pensó : « No debo llorar. » En el café Lion, de Salamanca, no lloraba aun cuando los veteranos [1] sin ningún derecho, se le anticipasen [2]. El decía : « ¡ Limpiaaaaa [3] ! » con exacta precisión, con fe y coraje [4], pero a la seña del cliente acudía siempre otro de más edad. Los colegas formaban en su torno [5] una competencia [6] asfixiante. El era nuevo y el gremio se cerraba a cualquier intromisión. Bueno, él no lloraba entonces, ni lloraba ahora, ni lloró siquiera cuando se deshizo de la caja y los utensilios. Tampoco lloró cuando se puso en camino — a pie, que es más seguro — para buscar a la Modes. Allá en el Lion un viejo catedrático [7] de la Escuela de Comercio le dijo una tarde : « ¿ Quieres trabajar ? » El respondió : « De eso se trata. De querer y no poder. » Agregó el otro : « En Valladolid [8] hay más campo [9]. » El muchachito, sentado en la diminuta banqueta, había pensado : « la Modes anda por [10] Valladolid. » Notaba ahora la apisonadora más incrustada en el pecho. Dijo :

— Madre, de Simancas [11] acá, me trajo un motorista en la trasera... Correr en moto es como dominar el mundo, madre.

Hablaba a trompicones [12] y cada palabra le suponía un intenso dolor. Pero el muchachito ya no localizaba las punzadas.

---

1. **los veteranos :** *les plus anciens, vieux, « rompus » à un métier ;* s'oppose à **« recluta »**, **« novato »** : *bleu, nouveau.*
2. **anticiparse :** *devancer, être en avance.*
3. **limpiabotas :** *cireur* (de chaussures) ; **Limpiar** : *nettoyer, essuyer.*
4. **coraje :** *courage.* Mais aussi : *colère, hargne.* **Dar coraje** : *mettre en colère.* **¡ Qué coraje !** *c'est rageant !*
5. **en su torno** ou **alrededor suyo :** *autour de lui.*
6. **competencia :** *concurrence ;* **hacer la competencia** : *concurrencer, faire concurrence à...* **Eso no es de mi competencia** : *cela n'est pas de mon ressort.*
7. **catedrático :** *professeur titulaire.* **La cátedra** : *la chaire ;* **clase ex-cátedra** : *cours magistral.*

Elle remarqua, tout à coup, ses mains sombres, trop grandes, aux extrémités aplaties par le travail. L'ongle du pouce droit était fendu en deux.

— Ce n'est pas cela, mon fils. Mais ce n'est jamais inutile de se mettre en règle avec le Seigneur.

Le gamin pensa : « Il ne faut pas que je pleure. » Au café *Lion* à Salamanque, il ne pleurait pas même lorsque les vétérans, sans aucun droit, le devançaient. Il criait : « Cireur ! » avec une exacte précision, avec foi et hargne, mais au signe du client, il en accourait toujours un autre plus âgé. Ses collègues exerçaient autour de lui une concurrence asphyxiante. Il était nouveau et la corporation se fermait à toute intromission. Bon, il ne pleurait pas, alors, ni ne pleurait maintenant, et ne pleura pas non plus même quand il se sépara de sa boîte et de ses ustensiles. Il ne pleura pas non plus quand il se mit en chemin — à pied, parce que c'est plus sûr —, pour aller chercher Modes. Là-bas, au café *Lion,* un vieux professeur de l'Ecole de Commerce lui avait dit un après-midi : « Tu veux travailler ? » Il avait répondu : « C'est de ça dont il s'agit. De vouloir et de ne pas pouvoir. » L'autre avait répondu : « A Valladolid il y a plus de possibilités. » Le gamin, assis sur son petit banc de cireur, avait pensé : « Modes est du côté de Valladolid. » Il sentait le rouleau compresseur encore plus incrusté dans sa poitrine. Il dit :

— Ma mère, c'est un motocycliste qui m'a amené de Simancas jusqu'ici, sur le siège arrière... Rouler à moto, c'est comme dominer le monde, ma mère.

Il parlait par hoquets et chaque mot lui causait une vive douleur. Mais le gamin ne localisait plus les élancements.

---

8. capitale de province en Vieille Castille. C'est là, paraît-il, où l'on parle l'espagnol le plus pur...

9. **campo :** *champ, campagne, domaine, camp...* **campo santo** : *cimetière.* **A campo traviesa** : *à travers champs ;* **más campo** (fig.) : *plus de possibilités* (pour travailler, agir...)

10. **andar :** m. à m. : *marcher.* Semi-auxiliaire très usuel pour : **estar.** **¿ Dónde andabas** ? *Où étais-tu ? Où étais-tu passé ?* **andar por, estar por** : *être, se trouver du côté de...*

11. **Simancas :** petite ville entre Salamanca et Valladolid ; **acá : aquí/allá : allí.**

12. **trompicón :** *faux pas ;* **a trompicones** : *par à-coups ;* **trompicar** : *trébucher.*

Tanto podían ser en su cuerpo como en el jergón. Sus fauces[1] ardían con un fuego de rescoldo, sin llama. Quiso mover la mano de la uña rota y no le obedeció. Se había convertido[2] de súbito en un miembro independiente. Casi le hizo reír aquella rebeldía de lo único[3] que hasta entonces fuese enteramente suyo. Oyó la voz tenue de sor Matilde como si descendiese del techo :

— Repite conmigo, hijo : « Señor, me pesa el[4] haberos ofendido de pensamiento, palabra y obra. Deseo de todo corazón presentarme ante[5] Vos[6] con el alma limpia de toda culpa. »

El lo repitió lentamente, dolorosamente, y al concluir experimentó un grato relajamiento[7].

Sor Matilde pensó : « No puede morir. Es una contradicción. ¡ Señor, hágase tu voluntad ! » Observaba las manos inmóviles del muchachito[8], angustiosamente vivaces aún en su postración. Sintió unos pasos próximos.

— ¡ Doctor ! — chilló[9] crispada —. ¡ Doctor ! — corrió hacia la puerta.

El doctor, que era un hombre de edad y, sin embargo, vivía, se aproximó a ella.

— Bueno — dijo.

Ella le hizo paso[10] y él penetró bruscamente en la salita. Se inclinó un momento sobre la cama y volvió luego su pesada cabeza :

— Bien — añadió —. Ha muerto. ¿ Es eso lo que quería decirme, hermana ?

---

1. **fauces :** latinisme, *gorge ; gueule* d'un animal ; **garganta** : *gorge.*
2. **convertirse en** + nom : *devenir, se transformer ;* **convertirse al catolicismo,** etc. : *se convertir.*
3. **lo único :** *la seule chose.* Emploi très fréquent de **lo** + adjectif ; **lo mismo** : *la même chose ;* **lo interesante, lo práctico** : *ce qu'il y a de... ;* **lo bueno es que** : *ce qu'il y a de bien...* **Lo malo** : *l'ennui, l'inconvénient.*
4. **el** + inf. : *le fait de...*
5. **ante :** sens fig. de *devant ;* **ante la situación actual** : *devant, face à la situation actuelle ;* mais, **delante de mi casa** : *devant ma maison.*
6. **Vos :** employé au lieu de **usted** dans le style oratoire, pour s'adresser à Dieu ou à un haut personnage. Dans une

Ils pouvaient tout aussi bien être dans son corps que dans la paillasse. Son gosier brûlait d'un feu de braise, sans flamme. Il voulut bouger sa main à l'ongle cassé, et elle ne lui obéit pas. Elle s'était brusquement changée en un membre indépendant. Cela le fit rire, cette rébellion de la seule chose qui jusqu'à présent eût été entièrement à lui. Il entendit la voix douce et faible de sœur Mathilde, comme si elle descendait du plafond :

— Répète avec moi, mon fils : « Seigneur, je regrette de vous avoir offensé en pensée, en parole et en action. Je désire de tout mon cœur me présenter devant Vous l'âme pure de tout péché. »

Il le répéta lentement, douloureusement, et à la fin il ressentit un soulagement agréable.

Sœur Mathilde pensa : « Il ne peut pas mourir. C'est une contradiction. Seigneur, que ta volonté soit faite. » Elle observait les mains immobiles du gamin, effroyablement vivaces même dans sa prostration. Elle entendit des pas à proximité :

— Docteur ! cria-t-elle, crispée. Docteur ! — elle courut vers la porte.

Le docteur, qui était un homme âgé et cependant, en vie, s'approcha d'elle.

— Bon, dit-il.

Elle le laissa passer et il pénétra brusquement dans la petite pièce. Il se pencha un moment sur le lit et releva ensuite sa lourde tête :

— Bien, ajouta-t-il, il est mort. C'est cela que vous vouliez me dire, ma sœur ?

---

grande partie de l'Amérique latine, **Vos** a remplacé **Tu**.

7. ou **relajación** : *relaxation, relâchement, détente.*

8. ce diminutif revient souvent dans la nouvelle. Il met en relief les sentiments, le trouble profond devant l'agonie du garçon, de sœur Mathilde, jusqu'alors impassible, habituée à « veiller la mort ».

9. **chillar** : *pousser des cris ;* **chillón** : *criard, braillard.*

10. *pas, passage.* **Abrirse paso** : *se frayer un passage.* **Dar paso** : *laisser le passage.* **Dar un paso** : *faire un pas.* **De paso** : *au passage.*

Miguel DELIBES

El campeonato

Le championnat

Fue su oportunidad y la perdieron, y los ingleses quedaron [1], de buenas a primeras [2], fuera de combate. El hecho era insólito y humillante [3]. Ellos eran los maestros, y, de repente, llega un discípulo y ¡ zas !, echa a rodar [4] su historia, y su experiencia, y su maestría, y su técnica, y todas sus viejas glorias. Y lo que Juan decía, mientras daba vuelta al botón para amplificar la voz de la radio :

— Los ingleses estarán que muerden.

Y la radio dijo :

— Zarra [5] es sujetado por el portero uruguayo. El árbitro no lo ve. El balón sale fuera...

Juan aspiró una fumada y soltó una gruesa palabrota, aureolada de humo. Luego dijo :

— Los uruguayos son unos brutos. Siempre lo han sido. No sé por qué hemos de extrañarnos ahora [6].

Eran las siete y cuarto de la tarde y hacía calor. La atmósfera de la estancia estaba espesa y viciada. Olía a cuerpos sucios y confundidos. En un rincón había un catre [7] y, recostada en el catre, una muchacha rubia, escuálida [8], pintarrajeada y aburrida [9]. Al alcance de la mano, sobre un pequeño velador, tenía un vaso, mediado, de un líquido consistente y oscuro. A sus pies dormitaba una tripuda y perezosa gata negra.

La radio dijo :

— ¡ Gol ! ¡ Gol ! ¡ El extremo derecha [10] uruguayo ha marcado el primer gol ! ¡ El gol estimula a nuestros muchachos !...

---

1. **quedar :** *rester* ; souvent idée de résultat comme ici : *se retrouver.*
2. **de buenas a primeras :** *brusquement, soudainement, tout à coup.*
3. l'action se situe en 1951 ; les Anglais viennent d'être éliminés face à l'Espagne du Championnat du monde de football. Dans le contexte de l'époque on en a fait une affaire nationale...
4. **echar a rodar :** *renverser, ficher en l'air.*
5. **Zarra :** avant-centre, très populaire. Il avait marqué le but de la victoire face à l'Angleterre.
6. évidemment, dans l'intention de l'auteur, son personnage ne sait même pas où se trouve l'Uruguay ; le « nous » met en relief un certain esprit « sportif » de la rue, non exclusif des Espagnols...

C'était leur chance et ils la manquèrent, et les Anglais se retrouvèrent de but en blanc hors de combat. Le fait était insolite et humiliant. C'étaient eux les maîtres, et, tout à coup, voilà un élève qui arrive, et patatras ! il envoie promener leur histoire et leur expérience, et leur maîtrise, et leur technique, et toutes leurs vieilles gloires. Et c'était bien ce que Juan disait en tournant le bouton pour faire monter le son de la radio :

— Les Anglais doivent être fous de rage.

Et la radio dit :

— Zarra est retenu par le goal uruguayen. L'arbitre ne le voit pas. Le ballon sort en touche...

Juan aspira une bouffée et lâcha un gros mot, auréolé de fumée. Ensuite il dit :

— Les Uruguayens sont des brutes. Ils l'ont toujours été. Je ne vois pas pourquoi on devrait s'en étonner aujourd'hui.

Il était sept heures et quart du soir et il faisait chaud. L'atmosphère de la pièce était lourde et viciée. Cela sentait les corps sales et mêlés. Dans un coin, il y avait un lit bas et, étendue sur le lit, une jeune fille blonde, maigre, peinturlurée et qui s'ennuyait. Elle avait à portée de la main, sur un petit guéridon, un verre, à moitié plein d'un liquide consistant et foncé. A ses pieds somnolait paresseusement une chatte noire et ventrue.

La radio dit :

— But ! But ! L'ailier droit uruguayen a marqué le premier but ! Le but donne le moral à nos joueurs !

---

7. **catre :** *lit de camp.* péjoratif : *mauvais lit, « pieu ».*
8. *maigre, émaciée, sale.*
9. **aburrida :** (**aburrirse** : *s'ennuyer*), *ennuyée, « assommée » d'ennui.*
10. **extremo derecha :** *ailier droit ;* **extrema derecha** : *extrême-droite ;* **extremo** (substantif) : *ailier, extrémité.*

Juan profirió otra palabrota y afirmó :

— Los ingleses se frotarán las manos de gusto [1].

La muchacha rubia y pintarrajeada se incorporó y se estiró. Al hacerlo, se le marcaron bajo la piel los huesos de los brazos y los de los hombros. Acarició la nuca de Juan.

— ¿ No vienes un rato ? — dijo.

La radio clamó :

— ¡ Gol de Basora ! Gol de España ! ¡ Basora, de cabeza, acaba de conseguir [2] el empate [3] rematando [4] un pase de Gaínza !

Juan empalideció y encendió otro pitillo. Dijo :

— Buen jarro de agua fría para los ingleses — y sonrió imperceptiblemente.

La muchacha rubia y pintarrajeada volvió a estirarse. Luego bebió un sorbo del vaso del velador [5]. La gata ronroneó y la muchacha le atusó el lomo [6] suavemente.

— Este animal está para dar a luz [7] de un momento a otro — dijo.

La radio estalló :

— ¡ Gol ! ¡ Otro gol formidable de Basora ; señores ! ¡ España, dos ; Uruguay, uno !

Juan juró entre dientes. Se remangó la camisa. Tenía la carne de gallina. Dijo para su capote [8] :

— Habrá que oír a los ingleses, ahora. Y esos zánganos [9] de uruguayos, ¿ qué se creían ? ¿ Que éramos como Bolivia ?

---

1. **se frotarán las manos de gusto :** *ils doivent se frotter les mains de plaisir.*

2. **acabar de** + inf. : *venir de faire qqch ;* **conseguir** : *réussir, parvenir à obtenir.*

3. **el gol del empate :** *le but d'égalisation ;* aussi : *match nul ;* **empate a dos** : *deux partout ;* **empatar** : *égaliser, faire match nul.*

4. **rematar :** ici, *tirer au but ;* sens général : *achever ;* **rematar a alguien** : *donner le coup de grâce à qqn.*

5. m. à m. : *« le verre sur le guéridon ».*

6. **el lomo :** *l'échine, le dos* (d'un animal) ; *le dos* (d'un livre) ; **de tomo y lomo** (fam.) : *de taille extraordinaire.*

7. **dar a luz :** *« donner la lumière », accoucher.* Pour les animaux on utilise plutôt **parir** : *mettre bas.*

Juan proféra un autre gros mot et affirma :

— Les Anglais doivent se frotter les mains de joie.

La jeune fille blonde et peinturlurée se redressa et s'étira. Cela souligna sous sa peau les os de ses bras et de ses épaules. Elle caressa la nuque de Juan.

— Tu ne viens pas un moment ? dit-elle.

La radio s'exclama :

— But de Basora ! But pour l'Espagne ! Basora vient d'égaliser d'un coup de tête sur une passe de Gainza !

Juan pâlit et alluma une autre cigarette. Il dit :

— Bonne douche froide pour les Anglais ! — et il sourit imperceptiblement.

La jeune fille blonde et peinturlurée s'étira à nouveau. Ensuite elle but une gorgée du verre placé sur le guéridon. La chatte ronronna et la jeune fille lui lissa le dos doucement.

— Cet animal va mettre bas d'un moment à l'autre, dit-elle.

La radio éclata :

— But ! Un autre but formidable de Basora, messieurs ! Espagne, deux, Uruguay, un !

Juan jura entre ses dents. Il retroussa les manches de sa chemise. Il avait la chair de poule. Il marmonna :

— Je voudrais bien entendre les Anglais, maintenant. Et ces fainéants d'Uruguayens, qu'est-ce qu'ils croyaient ? Que nous étions comme la Bolivie ?

---

8. **decir para su capote, para sus adentros :** *dans son for intérieur.*
9. fam. : *fainéants, paresseux.*

La muchacha rubia y pintarrajeada rascó a la gata entre las orejas y suspiró.

— ¿ Te asusta [1] a ti dar a luz, cariñito [2] ? — dijo.

La voz monótona del receptor creaba en la estancia [3] viciada un clima de somnolencia. La muchacha se tumbó en [4] el diván y se adormeció [5]. La despertó la voz exaltada, estentorea, del locutor :

— ¡ Gol, señores ! ¡ Varela, desde medio campo, acaba de conseguir el segundo gol uruguayo ! ¡ España, dos ; Uruguay, dos !

Juan encendió otro pitillo. Le temblaba la mano al hacerlo.

— Si lo siento [6] — dijo — es por la alegría que van a tener los ingleses.

La muchacha volvió a incorporarse y apuró el contenido del vaso de un trago.

— Yo me voy, Juan. ¿ Vienes ?

— ¡ Aguarda !

— ¿ A qué ?

— Un empate no es un mal resultado. Los uruguayos son gente [7] — dijo Juan, para sí.

La radio tronó :

— ¡ El árbitro señala el final del encuentro, señores ! ¡ España, dos ; Uruguay, dos !

Juan apagó el receptor y se puso en pie.

— Hemos empatado — dijo.

— ¿ Y eso es malo ?

— ¡ Pché ! — dijo Juan.

---

1. **asustar :** *faire peur.* **asustarse** : *prendre, avoir peur ;* **dar un susto** : *faire peur.* **¡ Qué susto me has dado !** *Tu m'as fait une de ces peurs !*
2. **cariñito :** dim. très employé de **cariño** : *chéri(e), mon amour.*
3. **la estancia :** ici, *la pièce* (séjour), **la habitación ; una estancia de 10 días en España** : *un séjour de 10 jours...* (amér.), *la ferme :* **la hacienda.**
4. **tumbarse en :** *s'allonger, s'étendre ;* souvent sens de *s'affaler ;* **tumbar** : *renverser, faire tomber.*
5. **adormecerse :** *s'assoupir, somnoler ;* **dormirse** : *s'endormir.*
6. **lo siento (sentir) :** formule usuelle pour : *je regrette, je*

La jeune fille blonde et peinturlurée gratta la chatte entre les oreilles et soupira :

— Cela te fait peur, à toi, de mettre bas, ma chérie ? dit-elle.

La voix monotone du récepteur créait dans la pièce à l'air vicié une atmosphère de somnolence. La jeune fille s'étendit sur le divan et s'assoupit. Elle fut réveillée par la voix exaltée et retentissante du commentateur :

— But, messieurs ! Varela, depuis le milieu de terrain, vient d'obtenir le deuxième but uruguayen ! Espagne, deux, Uruguay, deux !

Juan alluma une autre cigarette. Sa main tremblait en le faisant :

— Si ça m'ennuie, dit-il, c'est bien à cause du plaisir que ça va faire aux Anglais.

La jeune fille se redressa à nouveau et vida le contenu du verre d'un trait.

— Je m'en vais Juan, tu viens ?

— Attends !

— Pour quoi faire ?

— Un match nul n'est pas un mauvais résultat. Les Uruguayens sont forts, se dit Juan.

La radio tonna :

— L'arbitre annonce la fin du match, messieurs ! Espagne, deux, Uruguay, deux !

Juan éteignit le récepteur et se mit debout.

— Nous avons fait match nul, dit-il.

— Et c'est mauvais ?

— Boh ! dit Juan.

---

suis désolé. **¡ Cuánto lo siento !** : *je suis vraiment désolé (e) ;* aussi *sentir, éprouver, ressentir ;* **sentir frío, pena,** etc.

7. **gente** (sous-entendu : **bien)** : *des gens comme il faut.* **había mucha gente :** *il y avait beaucoup de monde.* **¡ qué gente !** *quelles drôles de gens !*

Bajaron juntos [1] la escalera. En la esquina había un bar. Juan empujó a la muchacha y entraron. Un hombretón [2] en mangas de camisa despachaba vasos de vino. En las mesas se hablaba de fútbol. Juan dijo :

— Dos blancos, Simón.

Simón era el hombrón [2] que despachaba en mangas [3] de camisa. Tenía los gruesos brazos sin una brizna de vello, tan pulidos como [4] el mármol de las mesas. Y las manos ásperas [5], pesadas [6] y rojas.

— ¡ Qué loco está el mundo ! — dijo Simón —. En todas partes no se habla más que de fútbol [7]. ¿ Y qué nos da el fútbol ?

— Hemos empatado — afirmó Juan, con un leve temblor de júbilo [8].

Simón se excitó :

— Total [9], ¿ qué ? Como antes [10] de empezar a jugar, ¿ no es eso ?

— Eso.

— Y para eso [11] veinticinco millones de españoles escuchando la radio toda la tarde como embobados [12]. Cincuenta millones de horas desperdiciadas. ¿ Sabe usted lo que puede hacerse con cincuenta millones de horas de trabajo ?

— Muchas cosas — dijo Juan.

La muchacha rubia y pintarrajeada se impacientó :

— Vamos, Juan.

Simón dijo :

---

1. adj. : *ensemble ;* **siempre están juntas** : *elles sont toujours ensemble ;* **un conjunto musical** : *un ensemble.*
2. augmentatif de **hombre** : *gaillard, costaud.*
3. **las mangas :** *les manches.* **En mangas** : *en bras de chemise ;* **remangar** : *retrousser, relever.*
4. *aussi « polis » que... :* **tan** + adj. ; **como** ; **tan interesante como dices** : *aussi intéressant que tu dis.*
5. *rugueuses ;* **áspero** : *âpre ;* **con voz áspera** : *d'une voix dure, acerbe.*
6. **pesadas :** m. à m. : *lourdes ;* fam. **¡ qué pesado !** *quel raseur, quel enquiquineur !*
7. ou : **sólo se habla de fútbol, no se habla sino de fútbol** : *ne ... que.*
8. *de joie, d'allégresse ;* **jubilarse** : *prendre sa retraite ;* **la jubilación** : *retraite.*

Ils descendirent ensemble l'escalier. Au coin il y avait un café. Juan poussa la jeune fille devant lui et ils entrèrent. Un solide gaillard en manches de chemise versait des verres de vin. On parlait de football aux tables. Juan demanda :

— Deux blancs, Simon.

Simon était le gaillard qui servait en manches de chemise. Ses gros bras n'avaient pas un brin de duvet, ils étaient aussi lisses que le marbre des tables. Et les mains étaient rêches, lourdes et rouges.

— Comme les gens sont fous ! dit Simon. Partout on ne parle que de football. Et le football, qu'est-ce que ça nous apporte ?

— Nous avons fait match nul, affirma Juan avec un léger tremblement de joie.

Simon s'énerva :

— Et alors quoi ? C'est comme avant de commencer le match ? Oui ou non ?

— Oui, c'est ça.

— Et c'est pour ça que vingt-cinq millions d'Espagnols ont passé tout l'après-midi à écouter la radio comme des imbéciles. Cinquante millions d'heures perdues. Vous savez ce que l'on peut faire avec cinquante millions d'heures de travail ?

— Pas mal de choses, répondit Juan.

La jeune fille blonde et peinturlurée s'impatienta :

— On s'en va, Juan ?

Simon dit :

---

9. usuel pour : *bref, et alors ?*
10. ellipse de : **todo está** ou **estamos como antes.**
11. **para eso :** finalité : *pour ce faire...* **Por eso** : *c'est pourquoi.* (cf. **¿ Por qué ?** *pourquoi ? ;* **¿ Para qué ?**. *pourquoi faire ?*
12. *ébahis, hébétés ;* **bobo** : *sot, niais, naïf.*

— Eso. Muchas cosas. Por ejemplo, plantar cien millones de árboles. ¿ Le parece a usted poco[1] ?

Juan inquirió[2] :

— ¿ Ha plantado usted un árbol ?

La muchacha rubia y pintarrajeada intervino :

— ¿ Sabes, Juan, que la gata está para[3] dar a luz ?

— Otros dos blancos — pidió Juan.

Luego siguieron bebiendo. La taberna estaba llena de gente y todos sudaban. Juan experimentaba una agradable excitación en su sangre y en sus nervios, una excitación que crecía[4] de vaso en vaso. A las nueve salieron[5]. La muchacha dijo :

— Ese hombre es un mal educado[6].

Se refería a Simón.

A Juan le bailaba en los labios una sonrisita boba[7].

— Estoy pensando[8] en lo que dirán[9] los ingleses a estas horas — dijo.

Y la gente pasaba a su lado con cara de Pascuas[10], como si[11] a cada uno le hubiera tocado el « gordo » de la lotería.

La muchacha rubia y pintarrajeada se puso a pensar que veinticinco millones de españoles eran muchos españoles, y cincuenta millones de horas eran muchas horas, y que cien millones de árboles eran una barbaridad[12] de árboles. Y luego[13] pensó que el vino blanco de Simón se le estaba subiendo a la cabeza.

---

1. m. à m. : *cela vous semble peu ?*
2. **inquirir :** *s'enquérir de, s'informer de...*
3. **estar para :** *être sur le point de ;* **estaba para salir** : *j'étais sur le point de (j'allais) sortir.* **Estar por** : *être pour...* **Todo está por hacer** : *tout est (reste) à faire.*
4. **crecer :** *subir,* **aumentar** : *grandir, monter.*
5. **salir :** *sortir, partir ;* **marcharse, irse.**
6. m. à m. : *cet homme est quelqu'un de mal élevé,* d'où : **es** ; mais, **ese niño está mal educado** : *cet enfant est mal élevé.*
7. m. à m. : « *un petit sourire niais lui dansait à Juan dans les lèvres* ».
8. m. à m. : *je suis en train de penser ;* usuel pour : *je me dis, je me demande.*
9. **lo que dirán... :** fut. hypothétique : *ce qu'ils peuvent bien se dire.*

— C'est ça. Pas mal de choses. Planter cent millions d'arbres par exemple. Vous trouvez que c'est rien ?

Juan s'enquit :

— Vous avez planté un arbre, vous ?

La jeune fille blonde et peinturlurée intervint :

— Tu sais, Juan, que la chatte est sur le point de mettre bas ?

— Deux autres blancs, demanda Juan.

Ensuite ils continuèrent à boire. La taverne était pleine de monde, et tout le monde transpirait. Juan ressentait une excitation agréable dans ses veines et dans ses nerfs, une excitation qui augmentait verre après verre. A neuf heures ils sortirent. La jeune fille dit :

— Cet homme est un mal élevé.

Elle faisait allusion à Simon.

Un sourire niais dansait sur les lèvres de Juan.

— Je pense à ce que doivent dire les Anglais en ce moment, dit-il.

Et les gens passaient à côté de lui avec un visage de jour de fête ; comme si chacun d'eux avait gagné le « gros lot » de la loterie.

La jeune fille blonde et peinturlurée se mit à penser que vingt-cinq millions d'Espagnols, c'était beaucoup d'Espagnols, et cinquante millions d'heures, c'était beaucoup d'heures, et que cent millions d'arbres, c'était une infinité d'arbres. Et ensuite elle se dit que le vin blanc de Simon lui montait à la tête.

---

10. m. à m. : *visage de Pâques ;* fam. : *la mine, (l'air) réjouie ;* **contento como unas pascuas** : *gai comme un pinson ;* mais, **hacer la pascua** : *enquiquiner, casser les pieds.*

11. **como si** est toujours suivi de l'imp. du subj. ; **como si nada, como si tal cosa** : *comme si de rien n'était ;* **tocar la guitarra** : *jouer de la guitare ;* **a mí me toca** : *c'est mon tour, c'est à moi...*

12. **barbaridad :** 1er sens : *atrocité, horreur ;* sens usuel fam. : *énormité, bêtise, énormément ;* **¡ qué barbaridad !** *c'est fou !* **una barbaridad de gente** : *énormément de gens, un monde fou.*

13. **luego :** aussi courant que **después** pour : *puis, ensuite, après ;* **te veré luego** : *je te verrai plus tard ;* **hasta luego** : *à tout à l'heure ;* **desde luego** : *bien entendu.*

Emilia PARDO BAZÁN
(1851-1951)

Las náufragas

Les naufragées

On peut la considérer comme un précurseur du mouvement féministe espagnol. Professeur à l'« Universidad Central » de Madrid, membre du Conseil de l'Instruction Publique, elle obtint plusieurs voix pour un fauteuil à l'Académie.

Aristocrate, catholique et galicienne, rare femme écrivain de son époque en Espagne, elle y fit scandale en introduisant le naturalisme français et ses techniques de la « méthode expérimentale » en décrivant des personnages tirés des types humains les plus misérables, avec tous les détails, pour cruels, brutaux, sordides et tragiques qu'ils soient... pourvu qu'ils soient « naturels ».

Los Pazos de Ulloa et *La Madre naturaleza* illustrent cette tendance de son œuvre alors que d'autres, comme *La Sirena negra*, représentent un retour à l'idéalisme.

Elle a publié plus de cinq cents contes et nouvelles qui témoignent de son esprit critique porté sur son époque, de son extraordinaire capacité d'imagination et de sa dimension lyrique.

Les trois nouvelles présentées ici soulignent la fragilité des sentiments et des principes, les limites de l'héroïsme (*El Fondo del alma*), montrent le milieu petit-bourgeois de Madrid à la fin du XIXe siècle (« *Las Náufragas* ») et les racines de la souffrance au quotidien, en milieu rural (« *Las Medias rojas* »).

Era la hora en que las grandes capitales [1] adquieren misteriosa belleza. La jornada del trabajo y de la actividad ha concluido ; los transeúntes van despacio por las calles, que el riego [2] de la tarde ha refrescado y ya no encharca [3]. Las luces abren sus ojos claros, pero no es aún de noche [4] ; el fresa con tonos amatista del crepúsculo envuelve en neblina sonrosada, transparente y ardorosa las perspectivas monumentales, el final de las grandes vías [5] que el arbolado guarnece de guirnaldas verdes, pálidas al anochecer [6]. La fragancia de las acacias en flor se derrama, sugiriendo ensueños de languidez, de ilusión deliciosa. Oprime un poco el corazón, pero lo exalta. Los coches cruzan más raudos, porque los caballos agradecen el frescor de la puesta del sol [7]. Las mujeres que los ocupan parecen más guapas, reclinadas, tranquilas, esfumadas [8] las facciones por la penumbra o realzadas al entrar en el círculo de claridad de un farol, de una tienda elegante.

Las floristas pasan... Ofrecen su mercancía, y dan gratuitamente lo mejor de ella, el perfume, el color, el regalo [9] de los sentidos.

Ante [10] la tentación floreal, las mujeres hacen un movimiento elocuente de codicia [11], y si son tan pobres que no pueden contentar el capricho, da pena [12]...

Y esto sucedió [13] a las náufragas, perdidas en el mar madrileño, anegadas [14] casi, con la vista alzada al cielo, con la sensación de caer al abismo...

---

1. Nous sommes à Madrid. **Capital** peut désigner aussi la grande ville, la capitale de province.
2. *arrosage ;* il s'agit de l'arrosage de la chaussée en fin de journée dans les villes chaudes.
3. **encharcar :** *inonder, détremper ;* **el charco** : *la flaque d'eau ;* fam. **pasar el charco** : *traverser la mer.*
4. **ser de noche, de día :** *faire nuit, faire jour.*
5. **la vía :** *voie, allée, rue.*
6. *à la tombée de la nuit ;* **al atardecer (tarde)** : *à la tombée du jour.*
7. **la puesta del sol :** *le coucher du soleil ;* **el sol se pone :** *le soleil se couche.*

C'était l'heure à laquelle les grandes capitales se parent d'une mystérieuse beauté. La journée consacrée au travail et à l'activité est terminée ; les passants déambulent lentement dans les rues, que l'arrosage de l'après-midi a rafraîchies et n'inonde plus. Les lumières ouvrent leurs yeux clairs, mais il ne fait pas encore nuit : la couleur fraise aux tons d'améthyste du crépuscule enveloppe d'une brume rosie, transparente et ardente les perspectives des monuments, l'extrémité des grands boulevards que la futaie orne de guirlandes vertes, qui pâlissent à la tombée de la nuit. Le parfum des acacias en fleur se répand, suggérant des rêveries de langueur, et une délicieuse illusion. Il oppresse un peu le cœur, mais l'exalte. Les voitures passent plus rapidement parce que les chevaux apprécient l'heure fraîche du coucher du soleil. Les femmes qui les occupent semblent plus jolies, elles sont penchées, sereines, les traits estompés par la pénombre ou rehaussés en entrant dans le cercle de clarté d'un lampadaire ou d'une boutique élégante…

Les fleuristes passent… Elles offrent leur marchandise, et donnent gratuitement ce que celle-ci a de meilleur : le parfum, la couleur, le régal des sens.

Devant la tentation des fleurs, les femmes font un mouvement d'envie éloquent, et si elles sont pauvres au point de ne pouvoir satisfaire leur caprice, cela fait peine à voir…

Et c'est ce qui arriva à nos naufragées, perdues dans l'océan madrilène, presque anéanties, les yeux au ciel, ayant l'impression de tomber dans un abîme…

---

8. **esfumar :** *estomper, volatiliser, disparaître.*
9. **el regalo :** ici, *le régal, le plaisir ;* mais sens courant de *cadeau ;* **regalar** : *offrir en cadeau.*
10. **ante :** (prép.), *devant, face à… ;* **delante de usted** : *devant vous ;* **antes** : *avant.*
11. **la codicia :** *cupidité, avidité, envie, convoitise.*
12. **dar pena** ou **dar lástima :** *faire pitié, faire de la peine… à voir.*
13. **suceder, ocurrir, pasar :** *arriver* (qqch à qqn.)
14. **anegar :** *noyer,* sens figuré ; **anegarse en llanto** : *fondre en larmes ;* **anegar un campo** : *inonder un champ ;* **ahogarse** (sens propre) **en una piscina** : *se noyer dans une piscine.*

Madre e hija llevaban un mes largo[1] de residencia en Madrid y vestían aún el luto[2] del padre, que no les había dejado[3] ni para comprarlo. Deudas, eso sí.

¿ Cómo podía ser que un hombre sin vicios, tan trabajador, tan de su casa, legase[4] ruina a los suyos ? ¡ Ah ! El inteligente farmacéutico, establecido en una población, se había empeñado en pagar tributo a la ciencia.

No contento con montar una botica[5] según los últimos adelantos[6], la surtió[7] de medicamentos raros[8] y costosos : quería que nada de lo reciente faltase allí ; quería estar a la última palabra[9]... « ¡ Qué sofoco[10] si don Opropio, el médico, recetase[11] alguna medicina de éstas de ahora y no la encontrasen en mi establecimiento ! ¡ Y qué responsabilidad si, por no tener a mano el específico, el enfermo empeora o se muere ! »

Y vino todo el formulario[12] alemán y francés, todo, a la humilde botica lugareña[13]... Y fue el desastre. Ni don Opropio recetó tales primores[14], ni los del pueblo los hubiesen comprado... Se diría que las enfermedades guardan estrecha relación con el ambiente[15], y que en los lugares[16] sólo se padecen males curables con friegas[17], flor de malva, sanguijuelas y bizmas[18].

---

1. a) **un mes largo :** *un bon mois.* b) **llevar** + compl. de temps : *cela fait, cela faisait... ;* **llevo tres horas aquí** : *cela fait 3 heures que je suis ici ;* **llevar** + gérondif : **lleva tres horas hablando** : *cela fait 3 heures qu'il parle.*
2. **vestían el luto** ou **llevaban el luto :** *portaient le deuil, étaient habillées en deuil (noir).*
3. ellipse de : **les había dejado** : *leur avait laissé.*
4. **¿ Cómo podía ser que.. legase (legara) ?** concordance de temps usuelle : au prés. : **como puede ser que... legue (legar).**
5. aujourd'hui : **farmacia.**
6. *progrès, découvertes.*
7. **surtir :** *fournir, pourvoir, approvisionner.*
8. *rares,* mais sens courant de *bizarre, étranger, curieux ;* **¡ qué raro !** *c'est curieux ! c'est étrange !*
9. **estar a la última :** *à la dernière mode, du dernier cri ;* **estar al día** : *à la page ;* **en las últimas** : *sur sa fin.*

Il y avait un long mois que mère et fille résidaient à Madrid et portaient encore le deuil du père, qui ne leur avait même pas laissé de quoi acheter leurs vêtements de deuil. Des dettes par contre, cela, oui.

Comment était-il possible qu'un homme dépourvu de vices, si travailleur, si attaché à sa maison, légât la ruine aux siens ? Eh bien ! l'intelligent pharmacien installé dans un village s'était entêté à payer son tribut à la science.

Il ne se contenta pas d'installer une pharmacie correspondant aux derniers progrès, il l'approvisionna de médicaments rares et coûteux : il voulait qu'aucune nouveauté n'y manquât ; il voulait être à la page... « Quelle honte si don Opropio, le médecin, prescrivait l'un de ces médicaments que l'on fait aujourd'hui et qu'on ne le trouvât point dans mon établissement ! Et quelle responsabilité si faute d'avoir sous la main la spécialité, le malade empire ou meurt ! »

Et tout le recueil de formules allemand et français, tout parvint à la modeste pharmacie de village... Et ce fut le désastre. Car ni don Opropio ne prescrivit de telles nouveautés, ni les gens du village ne les auraient achetées... On aurait dit que les maladies restaient en étroite relation avec le milieu, et que dans les villages on ne souffre que de maladies guérissables avec des frictions, de la fleur de mauve, des sangsues et des emplâtres.

---

10. **sofoco :** *étouffement, ennui, contrariété,* donc *honte.*
11. **recetar** (médecin) : *ordonner, prescrire.* **La receta :** *l'ordonnance ;* **receta de cocina :** *recette.*
12. *formulaire, répertoire.*
13. **lugareño (a) (del lugar) :** *villageois, campagnard.*
14. **primor :** *merveille, splendeur ;* **que es un primor :** *à merveille, à la perfection.*
15. **el ambiente :** ici, *le milieu ambiant, l'environnement ;* aujourd'hui : **el entorno.**
16. **lugar :** *lieu, endroit.* Ici : *village, bourg.* **« En un lugar de la Mancha, de cuyo nombre no quiero acordarme... »** « *Dans une bourgade de la Manche dont je ne veux pas me rappeler le nom...* » (début de *Don Quichotte*).
17. **friegas :** *frictions.*
18. *sorte d'emplâtre.*

Habladle a un paleto[1] de que se le ha « desmineralizado la sangre » o de que se le han « endurecido las arterias », y, sobre todo, proponedle el radio, más caro que el oro y la pedrería... No puede ser ; hay enfermedades de primera y de tercera, padecimientos de ricos y de pobretes...

Y el boticario se murió de la más vulgar ictericia, al verse arruinado, sin que le valiesen sus remedios novísimos dejando en la miseria a una mujer y dos criaturas... La botica y los medicamentos apenas saldaron los créditos pendientes, y las náufragas, en parte humilladas por el desastre y en parte soliviantadas[2] por ideas fantásticas, con el producto de la venta de su modesto ajuar[3] casero, se trasladaron a la corte[4]...

Los primeros días anduvieron[5] embobadas. ¡ Qué Madrid, qué magnificencia ! ¡ Qué grandeza, cuánto señorío ! El dinero en Madrid debe de ser muy fácil de ganar... ¡ Tanta tienda ! ¡ Tanto coche ! ¡ Tanto café ! ¡ Tanto teatro[6] ! ¡ Tanto rumbo[7] ! Aquí nadie se morirá[8] de hambre ; aquí todo el mundo encontrará[8] colocación... No será[8] cuestión sino de abrir la boca y decir : « A esto he resuelto dedicarme, sépase[9]... A ver, tanto quiero ganar... »

Ellas tenían su combinación muy bien arreglada, muy sencilla.

---

1. *paysan, rustre ;* aujourd'hui péjoratif : *péquenot, cul terreux.*
2. **soliviantar :** *inciter* et *exciter.*
3. **el ajuar :** *trousseau.* Ici : *mobilier.*
4. **la corte :** *la cour* (résidence, famille royale) mais aussi *la capitale* du Royaume : Madrid.
5. **andar :** *marcher ;* mais semi auxiliaire courant pour **estar**, donc **anduvieron** : **estuvieron. ¿ Cómo andas ? ; ¿ Cómo estas ?**
6. **tanto (a) :** adj., le sing. accentue l'exclamation admirative : *que de... tellement de...* On aurait pu dire : **tantas tiendas, tantos cafés**, etc. Voir plus bas : **tanto**, pronom, invariable.

Allez donc dire à un paysan que « son sang s'est déminéralisé » ou que « ses artères se sont durcies », et surtout proposez-lui le radium, plus cher que l'or et les pierreries... C'est impossible ; il y a des maladies de première classe et de troisième classe, des souffrances de riches et de petits pauvres...

Et le pharmacien mourut du plus vulgaire ictère, en se voyant ruiné, sans que ses tout nouveaux remèdes lui servissent, laissant dans la misère une femme et deux jeunes enfants... La pharmacie et les médicaments soldèrent à peine les crédits en cours, et les naufragées, en partie humiliées par le désastre et en partie portées par des idées fantastiques, avec le produit de la vente de leur modeste mobilier, allèrent s'installer dans la capitale...

Les premiers jours elles furent émerveillées. Quelle ville, Madrid ! Quelle splendeur ! Quelle grandeur, quel beau monde ! L'argent doit être très facile à gagner à Madrid... Que de boutiques, que de voitures, que de cafés, que de théâtres, quel apparat ! Ici personne ne doit mourir de faim ; ici tout le monde doit trouver une place... Il doit suffire d'ouvrir la bouche et de dire : « J'ai décidé de me consacrer à ceci, qu'on se le dise... Voyons, je veux gagner tant... »

Leur projet était très bien préparé, très simple.

---

7. **rumbo :** *apparat, faste, générosité ; cap, route, direction.* **Poner rumbo a** : *mettre le cap sur...*
8. **se morirá... encontrará... será... :** série de fut. qui traduisent la supposition : *personne ne doit mourir de faim* (sans doute). Attention : obligation : **nadie debe morirse de hambre** (c'est une honte...).
9. **sépase : que se sepa (saber)** : *qu'on le sache.* Pron. enclitiques (se soudent au verbe) à l'infinitif **(saberlo),** au gérondif **(sabiéndolo)** et à l'imp. (**sépalo** : *sachez-le*).

La madre entraría en una casa formal, decente, de señores verdaderos, para ejercer las funciones de ama de llaves, propias de una persona seria y « de respeto » ; porque, eso sí, todo antes que perder la dignidad de gente nacida[1] en pañales limpios, de familia « distinguida », de médicos y farmacéuticos, que no son gañanes[2]... La hija mayor se pondría también a servir[3], pero entendámonos ; donde la trataran[4] como corresponde a una señorita de educación, donde no corriese ningún peligro su honra, y donde hasta, si a mano viene[5], sus amas la mirasen como a una amiga y estuviesen con ella mano a mano... ¿ Quién sabe ? Si daba con[6] buenas almas, sería una hija más... Regularmente no la pondrian a comer con los otros sirvientes... Comería aparte, en su mesita muy limpia... En cuanto a la hija menor, de diez años, ¡ bah ! Nada más natural ; la meterían en uno de esos colegios gratuitos que hay, donde las educan muy bien y no cuestan a los padres un céntimo... ¡ Ya lo creo[7] ! Todo esto lo traían[8] discurrido[9] desde el punto en que emprendieron el viaje a la corte...

Sintieron gran sorpresa al notar que las cosas no iban tan rodadas[10]... No sólo no iban rodadas, sino que, ¡ ay !, parecían embrollarse, embrollarse pícaramente[11]... Al principio, dos o tres amigos del padre prometieron ocuparse, recomendar...

---

1. On pourrait y ajouter « **y criada** » (**criar** : *élever*) ; **criado en buenos pañales** : *recevoir une éducation choisie ;* **pañal** : *lange, couche.*
2. **gañán :** *valet de ferme, rustre,* « **paleto** ».
3. *« se mettrait au service de quelqu'un » : se placerait comme domestique.*
4. **donde la trataran...** ainsi que les imp. du subj. qui suivent (**no corriese, la mirasen, estuviesen...**) se justifient par le côté aléatoire, hypothétique de l'action envisagée ; projets, rêves de la mère... Emploi du subj.
5. **si a mano viene :** *si l'occasion se présente, le cas échéant :* **si se presenta el caso.**
6. **dar con :** *rencontrer, tomber sur.*
7. *bien sûr, absolument, et comment donc.*
8. **lo traían** (à Madrid) de **traer :** *apporter, rapporter.*

La mère entrerait dans une maison convenable, appartenant à des gens comme il faut, pour exercer les fonctions de gouvernante, qui conviennent à une personne sérieuse et « respectable », parce que ça, oui, tout plutôt que de perdre la dignité de gens bien nés, de famille « distinguée », de médecins et de pharmaciens, qu'il ne faut pas confondre avec des paysans... La fille aînée entrerait elle aussi au service de quelqu'un, mais entendons-nous : où on la traiterait comme il sied à une jeune fille bien élevée, où sa réputation ne courrait aucun risque, et où même, si cela se trouvait, ses maîtresses la considéreraient comme une amie et comme leur égale... qui sait ? Si elle tombait sur de braves gens, elle serait une fille de plus... Normalement on ne la ferait pas manger avec les autres serviteurs... elle mangerait à part, à sa petite table bien propre... Quant à la fille cadette, âgée de dix ans, eh bien ! quoi de plus naturel : on la ferait entrer dans une de ces institutions gratuites où, paraît-il, les enfants sont bien élevés et ne coûtent pas un centime à leurs parents... Bien sûr ! tout cela, elles y avaient réfléchi depuis le moment où elles avaient entrepris leur voyage pour la capitale.

Elles éprouvèrent une grande surprise en remarquant que les choses ne tournaient pas aussi bien... Non seulement elles ne tournaient pas bien, mais encore, elles semblaient se compliquer méchamment... Au début, deux ou trois amis du père promirent de s'occuper d'elles, de les recommander...

Verbe de mouvement ; ici : valeur de **lo tenían discurrido, lo habían discurrido.**

9. **discurrir :** *réfléchir, imaginer.*

10. **rodar :** *rouler, tourner* (un film) ; *aller tout seul, « marcher ».*

11. *malignement.* **Pícaro** (personnage du roman picaresque) : *filou, coquin, malin.*

Al recordarles el ofrecimiento, respondieron con moratorias, con vagas palabras alarmantes... « Es muy difícil... Es el demonio... No se encuentran casas a propósito... Lo de esos colegios anda muy buscado... No hay ni trabajo para fuera [1]... Todo está malo [2]... Madrid se ha puesto imposible [3]... »

Aquellos amigos — aquellos conocidos [4] indiferentes — tenían, naturalmente, sus asuntos, que les importaban sobre los ajenos [5]... Y después, ¡ vaya usted a colocar a tres hembras que quieren acomodo bueno, amos [6] formales, piñones mondados [7] ! Dos lugareñas, que no saben de la misa la media [8]..., que no han servido nunca... Muy honradas, sí... ; pero con toda honradez [9], ¿ qué ?, vale más tener gracia [10], saber desenredarse...

Uno de los amigos preguntó a la mamá, al descuido [11] :

— ¿ No sabe la niña alguna cancioncilla ? ¿ No baila ? ¿ No toca la guitarra ?

Y como la madre se escandalizase, advirtió :

— No se asuste [12], doña María... A veces, en los pueblos, las muchachas aprenden de estas cosas... Los barberos [13] son profesores... Conocí yo uno...

---

1. « *pour l'extérieur* ». Il s'agit du travail à faire chez soi.
2. *tout va mal.* **Su amigo está malo** : *son ami est malade ;* **la situación es mala** : *la situation est mauvaise,* mais aussi, **la situación está mala** : sens de « *nous sommes dans une mauvaise situation* ». Traduction du verbe être.
3. **se ha puesto (ponerse) imposible :** *est devenue impossible.* **ponerse** + adj. : évolution rapide : **cuando le hablan de su país, se pone triste** : *quand on lui parle de son pays, il devient triste.*
4. **conocido :** subs. : *une connaissance, relation.* Participe de **conocer** : *connu.*
5. **los asuntos ajenos :** *les affaires, les problèmes, des autres (d'autrui) ;* **el bien ajeno** : *le bien d'autrui.*
6. **amos :** *maîtres* (pour les domestiques et en milieu rural). **maestro de escuela** : *instituteur.* Aussi : **amo, dueño** *(propriétaire).*
7. **piñones mondados :** **mondar** : *éplucher, enlever l'écorce,* d'où : *des pignons tout prêts... à manger,* donc : « *du tout cuit* ».
8. **que no saben de la misa la media :** « *qui, de la messe,*

Quand elles leur rappelèrent leur offre, ils répondirent par des atermoiements, par de vagues paroles alarmantes... : « C'est très difficile... C'est le diable... On ne trouve pas de maisons adéquates... Quant à ces institutions, elles sont très demandées... Il n'y a même pas de travail à faire à domicile... Tout va mal... Madrid est devenu impossible... »

Ces amis, ces relations indifférentes, avaient, bien sûr, leurs affaires qui leur importaient plus que celles d'autrui... Et puis, allez donc placer trois femmes qui veulent un bon emploi, des maîtres convenables, et du sur-mesure ! Deux villageoises, qui ne sont pas dans le coup, qui n'ont jamais été au service de personne... très honnêtes, bien sûr ; mais en toute honñêteté, à quoi bon ? Il vaut mieux avoir du charme ou savoir se débrouiller.

Un des amis demanda à la maman, négligemment :

— La petite ne connaît-elle pas quelque chansonnette ? Ne danse-t-elle pas ? Ne joue-t-elle pas de la guitare ?

Et alors que la mère paraissait scandalisée, il précisa :

— Ne vous alarmez pas, doña Maria... Parfois, dans les villages, les jeunes filles apprennent ces choses-là... Les barbiers les leur enseignent... J'en ai connu un...

---

n'en connaissent pas la moitié » ; être ignorant d'une chose, d'où : *qui ne savent pas de quoi il retourne.*

9. ambiguïté voulue par l'auteur, car on peut lire : « *en toute honnêteté* », « *franchement* » et aussi : « *avec toute leur (tant de) honnêteté...* »

10. **tener gracia :** *être drôle, inspirer de la sympathie,* idée de grâce, de charme.

11. *négligemment, sans avoir l'air de rien...* **un descuido** : *distraction, négligence, inadvertance.*

12. **asustarse :** *avoir, prendre peur.* **Dar un susto** : *faire peur* (action ponctuelle).

13. *barbiers...* **peluqueros** *(coiffeurs) ; sont professeurs de...* (guitare, danse ?) : idée de : *ont la réputation d'être musiciens* etc. Correspond en effet à l'idée très répandue jusqu'à la première moitié du XXe siècle du **« barbero de pueblo »** artiste, cultivé, polémiste, etc. Les **« tertulias »** avaient souvent lieu dans l'arrière-boutique du **« barbero »**.

Transcurrida otra semana, el mismo amigo — droguero por más señas[1] — vino a ver a las dos ya atribuladas mujeres en su trasconejada casa de huéspedes[2], donde empezaban a atrasarse lamentablemente en el pago de la fementida[3] cama y del cocido chirle[4]...

Y previos[5] bastantes circunloquios[5], les dio la noticia de que había una colocación. Sí, lo que se dice una colocación para la muchacha.

— No crean ustedes que es de despreciar[6], al contrario... Muy buena... Muchas propinas. Tal vez un duro[7] diario de propinas, o más... Si la niña se esmera[8]..., más, de fijo[9]. Unicamente..., no sé.... si ustedes... Tal vez prefieren otra clase de servicio, ¿ eh ? Lo que ocurre es que ese otro... no se encuentra. En las casas dicen : « Queremos una chica ya fogueada[10]. No nos gusta domar potros. » Y aquí puede foguearse. Puede...

— Y ¿ qué colocación es esa ? — preguntaron con igual afán madre e hija.

— Es..., es... frente a mi establecimiento... En la famosa cervecería. Un servicio que apenas es servicio... Todo lo hacen mujeres. Allí vería yo a la niña con frecuencia, porque voy por las tardes a entretener[11] un rato. Hay música, hay cante... Es precioso.

Las náufragas se miraron... Casi comprendían.

— Muchas gracias... Mi niña... no sirve para eso — protestó el burgués recato de la madre.

---

1. **las señas :** *l'adresse* (rue, ville...) ; **señas de identidad :** *signe, signalement.*
2. **trasconejada :** *perdue, « paumée » ;* **casa de huéspedes** : *pension de famille.* **huésped** : *hôte.*
3. **fementido (a) :** *félon, traître,* d'où : *lit infâme.*
4. **« cocido insipide »**, c'est-à-dire *sans goût,* donc sans viande ni lard, juste avec les pois chiches...
5. **previo (a) :** (adj.), *préalable ;* **cuestión previa :** *question préalable ;* **circunloquios :** *détours et prolixité* dans le langage ; d'où : *après avoir tourné assez longuement autour du pot...*
6. **es de despreciar :** *« est à mépriser, dédaigner » ;* **este trabajo es fácil de hacer** : *facile à faire,* mais : **es difícil decir, saber...** (forme impersonnelle) : *il est difficile de dire, de savoir...*

Une autre semaine s'était écoulée, et le même ami — droguiste pour être précis — vint rendre visite aux deux femmes, maintenant dans l'affliction, dans leur pension de famille perdue, où elles commençaient à prendre un pénible retard dans le paiement de leur misérable lit et de leur fade bouilli...

Et après d'assez nombreux détours, il leur apprit la nouvelle qu'il y avait une place. Oui, ce que l'on appelle une vraie place pour la jeune fille.

— N'allez pas croire qu'elle est à dédaigner, au contraire... Une très bonne place... Avec beaucoup de pourboires : peut-être cinq pesetas de pourboire par jour, ou plus... Si la petite fait des efforts... plus un fixe. Seulement... je ne sais pas... si vous... Peut-être préférez-vous une autre sorte d'emploi, n'est-ce pas ? Ce qu'il y a, c'est qu'on ne trouve pas autre chose. Dans les maisons on dit : « Nous voulons une jeune fille expérimentée. On ne veut pas dresser des poulains. » Et là, elle peut faire son expérience. Elle peut...

— Et de quelle place s'agit-il ? demandèrent mère et fille, avec la même anxiété.

— C'est... c'est en face de mon établissement... dans la célèbre brasserie. Un service qui en est à peine un... tout y est fait par des femmes. J'y verrais la petite fréquemment, parce que j'y vais l'après-midi passer un moment. Il y a de la musique, on y chante... C'est joli...

Les naufragées se regardèrent. Elles comprenaient presque.

— Merci beaucoup... Ma fille... n'est pas faite pour ça, protesta la mère, dans sa pudeur bourgeoise.

---

7. **un duro :** *cinq pesetas,* somme considérable pour l'époque.
8. **esmerarse :** *s'appliquer, faire de son mieux ;* **el esmero** : *le soin, l'élégance.*
9. **de fijo :** *à coup sûr ;* **un sueldo fijo** : *un fixe.*
10. **fogueada :** **foguear** (de **fuego**), *habituer au feu, aguerrir,* d'où : *former.*
11. **entretener :** *distraire, amuser, occuper ;* **entretener un rato** : *passer un moment distrayant ;* **entretenerse : divertirse** : *s'amuser,* aussi, **no se entretenga** : *ne soyez pas en retard.*

— No, no ; cualquier cosa ; pero eso, no — declaró a su vez la muchacha, encendida.

Se separaron. Era la hora deliciosa del anochecer. Llevaban los ojos como puños [1]. Madrid les parecía — con su lujo, con su radiante alegría de primavera — un desierto cruel, una soledad donde las fieras rondan [2]. Tropezarse con la florista animó [3] por un instante el rostro enflaquecido [4] de la joven lugareña.

— ¡ Mamá !, ¡ rosas ! — exclamó en un impulso infantil.

— ¡ Tuviéramos pan para tu hermanita ! — sollozó casi la madre.

Y callaron... Agachando la cabeza, se recogieron [5] a su mezquino hostal.

Una escena las aguardaba. La patrona no era lo que se dice una mujer sin entrañas [6] ; al principio había tenido paciencia. Se interesaba por las enlutadas, por la niña, dulce y cariñosa, que, siempre esperando el « colegio gratuito », no se desdeñaba de ayudar en la cocina fregando platos [7], rompiéndolos y cepillando [8] la ropa de los huéspedes que pagaban al contado [9]. Sólo que todo tiene su límite, y tres bocas son muchas bocas para mantenidas [10], manténganse como se mantengan [11]. Doña Marciala, la patrona, no era tampoco Rothschild para seguir a ciegas los impulsos de un buen corazón. Al ver llegar a las lugareñas e instalarse ante la mesa, esperando el menguado cocido y la sopa de fideos, despachó a la fámula con un recado [12] :

---

1. **los ojos como puños :** m. à m. : *les yeux gros comme des poings, à force de pleurer ;* **puñetazo** : *coup de poing.*
2. *où les fauves guettent.* **Ponerse como una fiera** : *devenir fou furieux, « voir rouge ».*
3. **animar :** *encourager, égayer ;* ici : *éclairer.*
4. *le visage amaigri ;* **enflaquecer** : *maigrir* (figuré : *faiblir*) ; **flaco** : *maigre.* **Punto flaco** : *point faible.*
5. **recogerse :** *se recueillir ;* ici : *se retirer, rentrer chez soi.*
6. **las entrañas :** m. à m. : *les entrailles.* **No tener entrañas** : *être sans cœur.*
7. **fregar los platos :** *faire la vaisselle.*
8. **cepillar la ropa :** *brosser les habits ;* **el cepillo de dientes** : *la brosse à dents.*

— Non, non ; n'importe quoi ; mais pas ça, déclara à son tour la jeune fille, toute rouge.

Ils se séparèrent. C'était l'heure exquise où la nuit tombe. Elles avaient les yeux gros comme des poings à force de pleurer. Madrid leur semblait — avec son luxe, avec sa joie radieuse et printanière — un désert cruel, une solitude où rôdent les bêtes sauvages. Le fait de rencontrer la fleuriste anima un instant le visage amaigri de la jeune villageoise.

— Maman ! des roses ! s'exclama-t-elle, mue par une impulsion enfantine.

— Cela paierait du pain pour ta petite sœur ! sanglota presque la mère.

Et elles se turent... Baissant la tête, elles se réfugièrent dans leur minable pension.

Une scène les y attendait. La patronne n'était pas à vraiment parler une femme sans cœur ; au début elle avait gardé patience. Elle s'intéressait aux deux femmes en deuil ; à la petite fille, douce et affectueuse, qui attendait toujours « l'institution gratuite », et ne répugnait pas à aider à la cuisine en lavant les assiettes, en les cassant, et en brossant les vêtements de ces hôtes qui payaient comptant. Seulement, tout a une fin, et trois bouches cela fait beaucoup à entretenir, quelle que soit la façon dont on les entretient. Doña Marciala, la patronne, n'était pas non plus Rothschild pour suivre aveuglément les impulsions de son bon cœur. En voyant arriver les villageoises, et s'installer à table en attendant le chiche bouilli et la soupe de vermicelle, elle envoya la servante porter un message :

---

9. **pagar al contado :** *comptant ;* **a plazos** : *à crédit ;* **por adelantado** : *d'avance.*

10. **mantener :** *entretenir, nourrir, faire vivre ;* **mantener a una familia** : *nourrir une famille.*

11. *quelle que soit la manière de les nourrir ;* construction usuelle du subj., **haga lo que haga** : *quoi qu'il fasse ;* **pase lo que pase** : *quoi qu'il arrive.*

12. *envoya la servante* **(la criada)** *avec un message (commission) ;* **despachar : mandar, enviar ; le daré el recado :** *je lui ferai la commission.*

— Dice doña Marciala que hagan el favor de ir a su cuarto.

— ¿ Qué ocurre ?

— No sé...

Ocurría que « aquello no podía continuar así » ; que o daban, por lo menos, algo a cuenta, o valía más, « hijas mías », despejar... Ella, aquel día precisamente, tenía que pagar al panadero, al ultramarino. ¡ No se había visto en mala sofocación por la mañana[1] ! Dos tíos brutos, unos animales, alzando la voz y escupiendo palabrotas[2] en la antesala, amenazando embargar los muebles si no se les daba dinero, poniéndola de tramposa[3] que no había por dónde agarrarla a ella[4], doña Marciala Galcerán, una señora toda la vida.

« Hijas », es preciso[5] hacerse cargo[6]. El que vive de un trabajo diario no puede dar de comer a los demás ; bastante hará si come él. Los tiempos están terribles. Y lo sentía[7] mucho, lo sentía en el alma... ; pero se había concluido. No se les podía adelantar[8] más. Aquella noche, bueno, no se dijera[9], tendrían su cena... ; pero al otro día, o pagar siquiera algo, o buscar otro hospedaje...

Hubo lágrimas, lamentos, un conato[10] de síncope en la chica mayor... Las náufragas se veían navegando por las calles, sin techo, sin pan. El recurso fue llevar a la prendería[11] los restos del pasado : reloj de oro del padre, unas alhajuelas de la madre.

---

1. **No se había visto (ella) en mala sofocación por la mañana !** l'exclamation négative renforce, rend affirmative la phrase : *que n'avait-elle pas... ! Dans quelle situation pénible ne s'était-elle pas trouvée le matin même !*
2. m. à m. : *crachant des gros mots, injures.*
3. **poniéndola (a ella) de tramposa :** *la traitant de tricheuse, escroc ;* **poner de** + adj. : *traiter de.* **Le puso de mentiroso :** *il le traita de menteur ;* **lo puso como un trapo** *(un chiffon) : il l'a traité de tous les noms.*
4. **... que no había por dónde agarrarla a ella :** ellipse de : **de tal modo** *à tel point... qu'on ne savait par quel bout la prendre, elle.* La fin de la phrase, pleine d'emphase, accentue les traits du personnage outré et outragé qu'elle joue devant nos héroïnes.

— Madame Marciala vous prie d'aller dans sa chambre.
— Que se passe-t-il ?
— Je ne sais pas...

Il se passait que « cela ne pouvait continuer ainsi » ; que, ou bien elles donnaient, au moins, quelque chose en compte, ou il valait mieux, « mes enfants », vider les lieux... Pour ce qui la concernait, le jour même précisément, elle devait payer le boulanger, l'épicier. Ne s'était-elle pas trouvée dans une situation honteuse ce matin-là ! Deux individus sauvages, deux bêtes, haussant le ton et proférant des grossièretés dans l'antichambre, menaçant de saisir les meubles si on ne leur donnait pas d'argent, la traitant de mauvais payeur, elle, doña Marciala Galceran, qui avait été toute sa vie une femme honnête.

« Mes enfants », il faut comprendre. Celui qui vit de son travail quotidien ne peut nourrir les autres ; il a assez à se nourrir lui-même. Les temps sont très durs. Et elle le regrettait beaucoup, elle le regrettait du fond du cœur... mais c'était fini. On ne pouvait pas leur faire davantage crédit. Ce soir, bon, pour qu'on ne le lui reproche pas, elles auraient à dîner... mais demain, ou bien elles payaient un tant soit peu, ou bien elles devaient chercher un autre logement...

Il y eut des pleurs, des lamentations, un début de syncope chez la fille aînée... Les naufragées se voyaient naviguer à travers les rues, sans toit, sans pain. La solution fut de porter à la boutique du fripier les restes du passé : la montre en or du père, quelques petits bijoux de la mère.

---

5. **es preciso** + inf. : *il faut* + inf. ; variante de **hay que, es necesario.**
6. **hacerse cargo :** *prendre conscience, se rendre compte, comprendre.* Aussi, **hacerse cargo de la situación** : *prendre en charge, se charger de ;* **un cargo político** : *un poste, une charge ;* **correr a cargo de** : *être à la charge de...*
7. **« lo siento » :** formule usuelle pour : *je regrette, je suis désolé ;* **echar de menos, añorar** : *regretter* (en avoir la nostalgie).
8. **adelantar dinero :** *avancer de l'argent.* Ici, *faire crédit :* **fiar.**
9. **(para) que no se dijera :** *pour qu'on ne puisse pas dire, pour qu'on n'aille pas dire...*
10. **conato :** *effort, intention, tentative.* Ici : *début.*
11. **la prendería** (de **prendas** : *vêtements), friperie.*

El importe[1] a doña Marciala..., y aún quedaban debiendo.

— Hijas, bueno, algo es algo... Por quince días no las apuro[2]... He pagado a esos zulúes[3]... Pero vayan pensando en remediarse, porque si no... Qué quieren ustés[4], este Madrid está por las nubes[5]...

Y echaron a trotar, a llamar a puertas cerradas, que no se abrieron, a leer anuncios, a ofrecerse hasta a las señoras que pasaban, preguntándoles en tono insinuante y humilde :

— ¿ No sabe usted una casa donde necesiten servicio ? Pero servicio especial, una persona decente, que ha estado en buena posición..., para ama de llaves... o para acompañar señoritas...

Encogimiento de hombros[6], vagos murmurios, distraída petición de señas y hasta repulsas duras, secas, despreciativas...

Las náufragas se miraron. La hija agachaba la cabeza. Un mismo pensamiento se ocultaba. Una complicidad, sordamente[7], las unía. Era visto[8] que ser honrado, muy honrado, no vale de nada[9]. Si su padre, Dios le tuviere en descanso[10], hubiera sido como otros... no se verían ellas así, entre olas[11], hundiéndose hasta el cuello ya[12]...

Una tarde pasaron por delante de la droguería. ¡ Debía de tener peto[13] el droguero ! ¡ Quién como él !

— ¿ Por qué no entramos ? — arriesgó la madre.

— Vamos a ver... Si nos vuelve a hablar de colocación... — balbució la hija. Y, con un gesto doloroso, añadió — : En todas partes se puede ser buena...

---

1. **el importe :** *le montant, la somme due.*
2. **no las apuro :** *je ne vous harcèle pas, je ne vous pousse pas à bout ;* **apurarse** : *s'inquiéter, s'en faire.* Andalousie et Amérique : *se presser.*
3. **zulú :** *zoulou, zigoteau.*
4. **ustés** pour **ustedes :** courant dans la langue parlée.
5. m. à m. : *Madrid est à la hauteur des nuages.*
6. **los hombros** : *les épaules.* **La espalda** : *le dos ;* **encogerse de hombros :** *hausser les épaules.*
7. *sourdement.* Ici : *secrètement.*

Le produit fut remis à doña Marciala... et elles restaient encore devoir quelque chose.

Mes enfants, bon, c'est mieux que rien... Pour quinze jours je ne vous inquiéterai pas... J'ai payé ces zoulous... Mais il faudra penser à trouver une solution... parce que sinon... Que voulez-vous, Madrid est hors de prix...

Et elles se mirent à trotter, à frapper à des portes fermées, qui ne s'ouvrirent pas, à lire des petites annonces, à offrir leurs services même aux dames qui passaient, leur demandant d'un ton persuasif et humble :

— Vous ne connaissez pas une maison où l'on aurait besoin de personnel ? Mais un personnel spécial, une personne convenable, qui a occupé une bonne position... comme gouvernante ou pour accompagner des demoiselles...

Haussement d'épaules, marmottements vagues, distraite demande d'adresse — et même refus durs, secs, méprisants...

Les naufragées se regardèrent. La fille penchait la tête. Une même pensée se dissimulait. Une complicité les unissait sourdement. Il était prouvé qu'être honnête, très honnête, cela ne sert à rien. Si leur père, Dieu l'ait en Sa sainte garde, avait été *comme les autres...* elles ne seraient pas dans une pareille situation, au milieu des vagues, s'enfonçant jusqu'au cou maintenant...

Un après-midi elles passèrent devant la droguerie. Il devait être solide le droguiste, avoir de l'influence ! Qui mieux que lui pourrait les aider ?

— Pourquoi n'entrons-nous pas ? risqua la mère.

— Voyons... S'il nous parle encore de place... balbutia la fille. Et, avec un geste douloureux, elle ajouta : On peut être honnête partout...

---

8. **era visto** ou **estaba visto** : *il était évident.*
9. **valer de nada** : *servir à rien.*
10. **Dios lo tuviere en su descanso** : fut. imp. du subj. aujourd'hui : **lo tuviera (iese)**, récit au passé ; au prés., **Dios lo tenga en descanso, en su gloria** : *Dieu ait son âme.*
11. **entre olas** : **las olas** : *les vagues, à la merci des vagues.*
12. m. à m. : *« coulant jusqu'au cou », avoir de l'eau jusqu'au cou ;* du point de vue objectif de l'auteur — image du bateau en détresse dans la grande ville — on est passé à la vision subjective, au « vécu » de ses héroïnes.
13. **tener peto** : *avoir des protections, être influent.*

Emilia PARDO BAZÁN

El fondo del alma

Le fond de l'âme

El día era radiante. Sobre las márgenes del río flotaba desde el amanecer[1] una bruma sutil, argéntea[2], pronto bebida por el sol.

Y como el luminar iba picando[3] más de lo justo, los expedicionarios tendieron los manteles bajo unos olmos, en cuyas ramas hicieron toldo[4] con los abrigos de las señoras. Abriéronse las cestas, salieron a luz las provisiones y se almorzó bastante tarde, con el apetito alegre e indulgente que despiertan el aire libre, el ejercicio y el buen humor. Se hizo gasto[5] del vinillo del país, de sidra achampanada, de licores, servidos con el café que un remero calentaba en la hornilla[6].

La jira se había arreglado en la tertulia[7] de la registradora[8], entre exclamaciones de gozo de las señoritas y señoritos[9] que disfrutaban[10] con el juego de la lotería y otras igualmente inocentes inclinaciones del corazón no menos lícitas.Cada parejita[11] de tórtolos vio en el proyecto de la excelente señora el agradable porvenir de un rato de expansión ; paseo por el río[12], encantadores apartes entre las espesuras floridas de Penamoura. El más contento fue Cesáreo, el hijo del mayorazgo[13] de Sanín, perdidamente enamorado de Candelita, la graciosa[14], la seductora sobrina del arcipreste.

Aquél era un amor, o no los hay en el mundo. No correspondido al principio, Cesáreo hizo mil extremos, al punto de enfermar[15] seriamente : desarreglos[16] nerviosos y gástricos, pérdida total del apetito y sueño, pasión de ánimo con vistas al suicidio.

---

1. **el amanecer :** *lever du jour, l'aube.*
2. **argéntea :** *d'argent, argentée ;* **la plata** : *l'argent* (métal), **el dinero** : *l'argent* (monnaie).
3. **picar :** *piquer, froisser, « mordre » ...* ici : *taper.*
4. **el toldo :** *store, bâche, abri...*
5. **hacer gasto :** **el gasto** : *la dépense ;* **los gastos** : *les frais.* donc, *consommer, « faire couler ».*
6. **hornilla :** *réchaud.*
7. **la tertulia :** *réunion, cercle habituel d'amis ;* **tertulia literaria** : souvent dans l'arrière-salle d'un café.
8. **la registradora :** ici *femme du* **registrador** : en général, *fonctionnaire* responsable du registre de la propriété : *contrôleur, conservateur des hypothèques...*

Le jour était radieux. Sur les berges du fleuve flottait depuis le lever du jour une légère brume argentée, vite absorbée par le soleil.

Et comme l'astre solaire tapait plus que de raison, les excursionnistes étendirent les nappes sous des ormeaux, sur les branches desquels ils disposèrent les manteaux des dames en guise de velum. On ouvrit les paniers, les provisions apparurent et l'on déjeuna assez tard, avec cet appétit joyeux et peu exigeant qu'éveillent le plein air, l'exercice et la bonne humeur. On but généreusement le petit vin du pays, du cidre champagnisé, des liqueurs, servies avec le café qu'un rameur faisait chauffer sur le fourneau.

Le pique-nique avait été décidé à la soirée de l'épouse du contrôleur, au milieu des cris de joie des jeunes filles et jeunes hommes qui s'adonnaient avec plaisir au jeu de loterie et à d'autres inclinations du cœur, aussi innocentes que naturelles. Chaque couple de tourtereaux trouva dans le projet de l'excellente dame, l'agréable promesse d'un moment de détente ; promenade sur le fleuve, ou apartés enchanteurs au milieu des frondaisons de Penamoura. Le plus heureux fut Cesareo, le fils du majorat de Sanin, éperdument amoureux de Candelita, la gracieuse, la séduisante nièce de l'archiprêtre.

Si l'amour existe, c'en était un vrai. N'étant pas payé de retour au début, Cesareo se livra à mille excès, au point qu'il tomba sérieusement malade : dérèglements nerveux et gastriques, perte totale de l'appétit et du sommeil, passion suicidaire de l'esprit.

---

9. connotation sociale du diminutif : les enfants de familles « bien ».
10. **disfrutar :** ici, *s'amuser, être heureux ;* **disfrutar de buena salud** : *jouir d'un bonne santé ;* **disfrutar de la vida :** *profiter de la vie.*
11. **parejita :** (de **pareja** : *couple*), intention ironique dans le diminutif.
12. **paseo por el río :** *promenade sur la rivière ;* **pasear por la calle, el bosque**, etc. : *se promener dans ...* emploi de **por**.
13. **el mayorazgo :** ici *possesseur d'un majorat,* de **mayor** *(aîné),* fils aîné qui hérite du majorat : *droit d'aînesse.*
14. **graciosa :** *gracieuse ;* sens courant de *drôle, amusant.*
15. **enfermar :** *tomber malade.*
16. **desarreglos :** *dérèglements, troubles.*

Al fin se ablandó[1] Candelita y las relaciones se establecieron, sobre la base de que el rico mayorazgo dejaba de oponerse y consentía en la boda[2] a plazo corto[3], cuando Cesáreo se licenciase en Derecho. La muchacha no tenía un céntimo, pero... ¡ ya que[4] el muchacho se empeñaba[5] ! ¡ Y con un empeño tan terco, tan insento !

— Allá él[6], señores... — así dijo el mayorazgo a sus tertulianos[7] y tresillistas[8], otros hidalgos viejos[9], que sonrieron aprobando, y hasta clamando « Enhorabuena[10] », fácilmente benévolos para lo que no les llegaba al bolsillo[11]... Al cabo, ellos no habían de dar biberón a lo que naciese de la unión de Cesáreo y Candelita.

La felicidad del noviazgo[12] la saboreó Cesáreo desatadamente. Loco estaba antes de rabia, y loco estaba ahora de júbilo ; las contadas horas que no pasaba al lado de su novia las dedicaba a escribir cartas o a componer versos de un lirismo exaltado. En el pueblo no se recordaba[13] caso igual : son allí los amoríos plácidos, serenos, con algo de anticipada prosa casera[14] entre las poesías del idilio. Envidiaron a Candelita las niñas casaderas[15], encubriendo con bromas[16] el despecho de no ser amadas así ; y cuando, al preguntarle chanceras[17] qué hubiese sucedido si Candelita no le corresponde, contestaba Cesáreo rotundamente[18] : « Me moriría », las muchachas se mordían el labio inferior. ¿ Qué tenía la tal Candelita más que las otras, vamos a ver ?...

---

1. **ablandarse :** *s'attendrir, fléchir, se radoucir ;* **blando :** *mou, doux ;* **blando de corazón :** *au cœur tendre ;* **carácter blando :** *faible.*
2. **la boda :** *le mariage, la noce ;* **el matrimonio :** *l'institution du mariage, le couple marié ;* **casarse :** *se marier.*
3. **a plazo corto :** *à court terme ;* **a medio, a largo plazo :** *à moyen, à long terme ;* **el plazo :** *le délai.*
4. **ya que :** *puisque, étant donné.*
5. **empeñarse :** *s'obstiner, s'entêter.*
6. **allá él :** *ça le regarde, c'est à lui de voir, ça ne me regarde pas ;* a souvent le sens de *tant pis.* **Si no quieres, allá tú :** *tant pis pour toi.*
7. **tertulianos :** *les habitués de la tertulia.*
8. **tresillistas :** *joueurs du* **tresillo** (jeu de cartes).

Candelita fléchit enfin, et les relations s'établirent : le fondement en était que le riche majorat abandonnait son opposition et consentait à une noce à bref délai, lorsque Cesareo serait licencié en droit. La jeune fille ne possédait pas un sou, mais... puisque le garçon s'entêtait ! et avec quelle obstination tenace et insensée !

— Comme il lui plaira ..., ainsi parla le majorat aux joueurs d'hombre habituels de son cercle, vieux hidalgos comme lui, qui sourirent en approuvant et même en s'écriant « félicitations », facilement bienveillants pour ce qui ne concernait pas leur portefeuille... Somme toute, ils n'auraient pas à donner le biberon au fruit à naître de l'union de Cesareo et Candelita.

Cesareo savoura sans frein le bonheur des fiançailles. Avant il était fou de rage, et maintenant il était fou de joie ; les rares heures qu'il ne passait pas auprès de sa fiancée, il les consacrait à écrire des lettres ou à composer des vers d'un lyrisme exalté. Au village, on n'avait pas souvenir d'un pareil cas : les amours y sont placides, sereines, avec déjà un peu de prose domestique au milieu des poésies de l'idylle. Les jeunes filles à marier envièrent Candelita, dissimulant par des plaisanteries le dépit de n'être pas aimées de la même façon ; et lorsque des jeunes filles lui demandaient d'un ton railleur ce qui se serait passé si Candelita n'avait pas répondu à son amour, Cesareo répondait catégoriquement : « J'en mourrais », les jeunes filles se mordaient la lèvre inférieure. Qu'avait donc Candelita de plus que les autres, voyons ?...

---

9. **otros hidalgos viejos :** *des vieux hidalgos comme lui.* L'adj. suggère l'idée de « vieille souche » ; et aussi de vieux, âgés. Reflète bien cette vie immuable, provinciale de cette petite noblesse terrienne.
10. **« Enhorabuena » :** *félicitations.*
11. **lo que no les llegaba al bolsillo :** le m. à m. : *ce qui n'arrivait pas à leur poche,* serait un beau faux sens. Il faut lire : *ce qui ne concernait pas leur portefeuille.*
12. **el noviazgo :** *les fiançailles.*
13. **no se recordaba... :** *on ne se rappelait pas...*
14. **casero (a) :** *du ménage, du foyer, casanier.*
15. **casaderas :** *en âge de se marier, à marier.*
16. **las bromas :** *plaisanteries.*
17. **chanceras :** *blagueuses.*
18. **rotundamente :** *catégoriquement !*

En la jira a Penamoura estuvo hasta imprudente, hasta descortés, el hijo del mayorazgo ; de su proceder [1] se murmuraba en los grupos. Todo tiene límite ; era demasiada *cesta* [2].Aquellos ojos que se comían a Candelita ; aquellos oídos pendientes [3] del eco de su voz ; aquellos gestos de adoración a cada movimiento suyo..., francamente, no se podían aguantar [4]. Mientras la parejita se aislaba, adelantándose [5] castañar arriba [6], a pretexto de coger moras, el sayo se cortó bien cumplido [7] ; sólo el viejo capitán retirado, don Vidal, que dirigía la excursión, opinó con bondad babosa que eran cosas naturales, y que si él se volviese a sus veinticinco [8], atrás se dejaría [9] en rendimiento y transporte a Cesáreo...

Habían decidido emprender el regreso a buena hora, porque, en otoño, sin avisar [10] se echa encima la noche ; pero ¡ estaba tan hermoso el pradito orlado [11] de espadañas [12] ! ¡ Si casi parecía que acababan de comer [13] ! ¡ Si no habían tenido tiempo de disfrutar la hermosura del campo ! Daba lástima [14] irse... Además, tenían luna para la navegación. Fue oscureciendo [15] insensiblemente, y con la puesta del sol coincidió una niebla [16], suave y ligera al pronto [17], como la matinal, pero que no tardó en cerrarse, ya densa y pegajosa, impidiendo ver a dos pasos los objetos. Don Vidal refunfuñó [18] entre dientes :

---

1. **el proceder :** *la conduite, le procédé ;* verbe : *venir de, agir, procéder.* **Procede hacerlo** : *il convient de le faire.* **Si procede** : *s'il y a lieu.*
2. **« cesta » :** *panier ;* **llevar la cesta** : *tenir la chandelle, chaperonner.*
3. **pendientes :** *suspendus (ues) à ;* **problemas pendientes** : *en suspens ;* **los pedidos pendientes** : *les commandes en attente ;* substantif : *pente, côte.*
4. **aguantar :** *supporter, tenir bon.*
5. **adelantarse :** *devancer, laisser en arrière.* **Adelantar dinero** : *avancer de l'argent ;* **adelantar un coche** : *dépasser une voiture.*
6. **castañar arriba :** *en remontant la châtaigneraie.* **calle arriba** : *en remontant la rue ;* **calle abajo** : *en descendant la rue ;* **arriba** : *en haut.*
7. m. à m. : *on coupa de manière parfaite* (ou bien *large*) *la casaque (le sayon) ;* **cortarle un sayo a alguien** : *en dire du mal derrière (sur) son dos, médire.*

Lors du pique-nique à Penamoura, le fils du majorat alla jusqu'à se montrer peu sage, incorrect ; sur sa façon d'agir, on cancanait dans les groupes. Il y a des limites à tout ; la coupe était pleine. Ces yeux qui dévoraient Candelita ; ces oreilles suspendues au son de sa voix ; ces gestes d'adoration à chacun de ses mouvements... franchement, ce n'était pas supportable. Tandis que le jeune couple s'isolait, s'enfonçant vers le haut de la châtaigneraie, sous le prétexte de cueillir des mûres, on dauba abondamment sur son compte ; seul le vieux capitaine en retraite, don Vidal, qui dirigeait l'excursion, déclara avec une bonté débordante, que c'étaient des choses normales, et que si lui-même retrouvait ses vingt-cinq ans, il en remontrerait à Cesareo en matière d'empressement et de transports...

Ils avaient décidé de prendre de bonne heure le chemin du retour, parce que, en automne, la nuit tombe brusquement ; mais le petit pré bordé de glaïeuls était si joli ! Et il semblait qu'ils venaient juste de manger ! Et ils n'avaient pas eu le temps de profiter de la beauté de la campagne ! Quel dommage de partir !... En plus, la lune était là pour les aider à naviguer. L'obscurité gagna insensiblement, et au moment du coucher du soleil apparut un brouillard, doux et léger tout d'abord, comme celui du matin, mais qui ne tarda pas à s'épaissir, devenant dense et poisseux ; il empêchait de voir les objets à deux pas. Don Vidal grommela entre ses dents :

---

8. **si él volviese a sus veinticinco... :** *s'il revenait (s'il retombait) sur ses 25 ans...*
9. **atrás se dejaría :** *il laisserait bien derrière lui...*
10. **sin avisar :** *sans prévenir, sans crier gare...* **se echa encima la noche** : *la nuit vous tombe dessus* **(encima)** ; *la nuit tombe très vite, vous surprend.*
11. **orlado :** *bordé ;* **orlar** : *encadrer, border.*
12. **espadañas :** *arbuste.*
13. *... qu'ils venaient de manger ;* **acaba de irse** : *il vient de partir.*
14. **dar lástima :** conjugué à la 3ème pers. du sing. : *être dommage ;* mais : **me das lástima** : *tu me fais de la peine ;* **das lástima** : *tu fais pitié.*
15. **oscurecer :** *obscurcir, assombrir, faire nuit.*
16. **la niebla :** *brouillard, brume.*
17. **al pronto :** *à première vue :* **¡ pronto !** *vite !* **pronto :** *tôt ;* **de pronto** : *soudain.*
18. **refunfuñar :** *grogner, grommeler.*

— Mal pleito[1] para embarcarse. Vararemos[2].

Y ello es que no había otro recurso sino regresar a la villa...

Al acercarse a la barca los expedicionarios, no parecían ni patrón ni remeros. La registradora empezó a renegar[3] :

— ¡ Dadles vino a esos zánganos ! ¡ Bien empleado nos está si nos amanece aquí[4]!

Por fin, al cabo de media hora de gritos y búsqueda, se presentaron sofocados y tartajosos[5] los remerillos. Del patrón no sabían nada. Se convino en que era inútil aguardar al muy borrachín : estaría hecho un cepo[6] en alguna cueva del monte ; y el remero más mozo, en voz baja, se lo confesó a don Vidal :

— Tiene para la noche toda. No da a pie ni a pierna[7].

— ¿ Sabéis vosotros patronear[8] ? — preguntó Cesáreo, algo alarmado.

— Con la ayuda de Dios, saber sabemos — afirmaron humildemente.

Se conformaron los expedicionarios, y momentos después la embarcación, a golpe de remo, se deslizaba tranquilamente por el río. Asía don Vidal la caña del timón[9] y guiaba, obedeciendo las indicaciones de los prácticos[10].

Hacía frío, un frío sutil, pegajoso. La gente joven empezó a cantar tangos y *couplets* de zarzuela[11]. El boticario[12], para lucir su voz engolada, entonó después el *Spirto*[13].

---

1. **pleito :** *procès, « affaire », d'où : situation, mauvais pas.*
2. **varar :** *échouer.*
3. **renegar de :** *renier ; blasphémer, jurer.*
4. *si le jour se lève pour nous,* d'où, *si nous voyons le jour ici, si le jour nous surprend...* **amanece pronto :** *le jour se lève tôt ;* **el amanecer** : *lever du jour ;* **al amanecer** : *à l'aube.*
5. **tartajosos :** *bégayeurs, bègues.*
6. **dormir como un cepo :** *dormir comme une souche ;* **cepo** : *traquenard ;* **caer en el cepo** : *tomber dans le piège.*
7. *tout faire de travers.* Aujourd'hui : **no da pie con bola.**
8. *commander, diriger un bateau.*

— Mauvaise affaire pour s'embarquer. Nous risquons de nous échouer.

Et le fait est qu'il n'y avait pas d'autre solution que de retourner au village...

En s'approchant du bateau, les excursionnistes ne virent ni patron ni rameurs. La femme du contrôleur commença à jurer :

— Donnez-leur donc du vin à ces faninéants ! Ce sera bien fait pour nous si le jour nous surprend ici.

Enfin, au bout d'une demi-heure de cris et de recherches, les petits rameurs apparurent suffocants et bégayants. Ils ne savaient pas où était passé le patron. On décida qu'il était inutile d'attendre l'ivrogne : il devait dormir comme une souche dans quelque grotte de la montagne ; et le rameur le plus jeune l'avoua à don Vidal :

— Il en a pour toute la nuit. Il ne peut pas mettre un pied devant l'autre.

— Savez-vous conduire le bateau ? demanda Cesareo, quelque peu alarmé.

— Avec l'aide de Dieu, ça peut aller... affirmèrent-ils humblement.

Les excursionnistes se firent une raison, et quelques moments après, l'embarcation, à coups de rames, glissait tranquillement sur la rivière. Don Vidal tenait la barre du gouvernail et guidait, obéissant aux indications des rameurs.

Il faisait froid, un froid subtil, tenace. Les jeunes commencèrent à chanter des tangos et des couplets de zarzuela. Le pharmacien, pour faire valoir sa voix grave, entonna ensuite le *Spirte*.

---

9. **llevar el timón :** *tenir la barre.*
10. **barco de práctico :** *bateau pilote ;* **práctico facultativo :** *praticien* (médecine).
11. genre lyrique qui est né au XVIIe siècle (Lope de Vega) et très populaire encore aujourd'hui.
12. « *l'apothicaire* », aujourd'hui : **farmacéutico.**
13. chant galicien.

Las señoras se arropaban estrechamente en sus chales y manteletas, porque la húmeda niebla calaba[1] los huesos. Cesáreo, extendiendo su ancho impermeable, cobijaba[2] a Candelita, y, confundiendo las manos a favor de la oscuridad y del espeso tul gris que los aislaba, los novios iban[3] en perfecto embeleso[4].

— Esto no es cariño, es delirio, es enfermedad. ¡ Soy tan feliz ! ¡ Ojalá[5] no lleguemos nunca !

— ¡ Ciar, ciar[6], pateta ! — gritó, despertándose de su éxtasis, la voz vinosa de un remero —. ¡ Que vamos cara a las peñas ! ¡ Ciar !

Don Vidal quiso obedecer... Ya no era tiempo. La barca trepidó, crujió pavorosamente ; cuantos en ella estaban fueron lanzados unos contra otros. La frente de Cesáreo chocó con la de Candelita. En el mismo instante empezó a sepultarse la barca. El agua entraba a borbotones y a torrentes por el roto y desfondado[7] suelo. Ayes agónicos, deprecaciones a santos y vírgenes, se perdían entre el resuello[8] del abismo que traga su presa. Era el río allí hondo y traidor, de impetuosa corriente. Ningún expedicionario sabía nadar, y se calaban apelotados en los abrigos y chales que los protegían contra la penetrante niebla, yéndose a pique[9] rectos como pedruscos.

Aturdido por el primer sorbo helado, Cesáreo se rehízo[10], braceó instintivamente, salió a la superficie, se desembarazó a duras penas del impermeable y exclamó con suprema angustia :

---

1. **calar** : *tremper, transpercer ;* **he calado sus intenciones** : *j'ai deviné (percé à jour) ses intentions.*
2. **cobijar** : *abriter,* sens figuré : *héberger, loger, cacher.*
3. **iban** remplace **estaban** (connotation de mouvement) : **ir** : semi-auxiliaire courant ; **el tren iba lleno** : *le train était bondé.*
4. **embelesar** : *éblouir, charmer, ravir.*
5. **ojalá** + subj. : souhait vif : *pourvu que...*
6. **ciar** : *reculer, abandonner, renoncer.* L'inf. **ciar** a valeur ici d'imp. : **ciad.**

Les femmes s'abritaient soigneusement sous leurs châles et leurs mantelets, car le brouillard humide transperçait les os. Cesareo, tendant son large imperméable, abritait Candelita, et joignant leurs mains à la faveur de l'obscurité et de l'épais tulle gris qui les isolait, les fiancés étaient plongés dans un parfait ravissement.

— Ce n'est pas de l'affection, c'est du délire, c'est de la maladie. Je suis si heureux ! Puissions-nous ne jamais arriver.

— Ramez en arrière, ramez en arrière, bon sang ! s'écria un rameur d'une voix avinée, en sortant de sa torpeur. — Nous allons tout droit sur les rochers ! Ramez en arrière...

Don Vidal voulut obéir... Il était trop tard. La barque trembla, craqua épouvantablement ; tous ceux qui s'y trouvaient furent précipités les uns contre les autres. Le front de Cesareo heurta celui de Candelita. Au même moment, la barque commença à sombrer. L'eau entrait à gros bouillons et comme un torrent par le fond brisé et percé. Des plaintes agonisantes, des supplications aux saints et aux vierges se perdaient dans le halètement de l'abîme qui engloutit sa proie. A cet endroit, le fleuve était profond et traître — et le courant impétueux. Aucun excursionniste ne savait nager, et ils se trempaient pelotonnés dans les manteaux et les châles qui les protégeaient du brouillard pénétrant. Ils coulaient à pic, comme des pierres.

Etourdi par la première gorgée glacée, Cesareo se ressaisit — il nagea instinctivement, refit surface, se débarrassa très difficilement de son imperméable et s'exclama avec une vive angoisse :

---

7. **desfondar :** *défoncer, effondrer.*
8. **el resuello :** *le souffle, l'haleine ;* **dejar sin resuello** : *couper le souffle ;* **resollar** : *respirer bruyamment.*
9. **irse a pique :** *couler, sombrer ;* **estar a pique de :** *être sur le point de, faillir.*
10. **rehacerse :** *se remettre, se ressaisir, reprendre le dessus.*

— ¡ Candela ! ¡ Candelita !

Del abismo negro del agua vio confusamente surgir una cara desencajada [1] de horror, unos brazos rígidos que se agarraron [2] a su cuello.

— ¡ No tengas miedo, hermosa ! Te salvo [3] !

Y empezó a nadar con torpeza [4], a la desesperada. Sentía la corriente, rápida y furiosa, que le arrastraba, que podía más [5].

— Suelta... No te agarres... Echame sólo un brazo al cuello [6]... Que nos vamos al fondo...

La respuesta fue la del miedo ciego, el movimiento del animal que se ahoga : Candelita apretó doble los brazos, paralizando todo esfuerzo, y por la mente de Cesáreo cruzó la idea : « Moriremos juntos. »

El peso de su amada le hundía, efectivamente ; el abrazo [7] era mortal. Se dejó ir ; el agua le envolvió. Su espinilla [8] tropezó con [9] una piedra picuda, cubierta de finas algas fluviales. El dolor del choque determinó una reacción del instinto ; ciegamente, sin saber cómo, rechazó aquel cuerpo [10] adherido al suyo, desanudó los brazos inertes ;

---

1. *altérer* (traits, visage). **Ojos desencajados** : *yeux exorbités, effrayés.*
2. **agarrarse** : *s'accrocher, s'agripper ;* **agarrarse del brazo** : *se prendre par le bras ;* **agarrarse del moño** : *se crêper le chignon.*
3. phrase elliptique pour : **te voy a salvar** ; **salvar un obstáculo** : *franchir un obstacle ;* **¡ sálvese quien pueda !** *Sauve qui peut !*
4. *maladresse, lourdeur ;* **torpe** : *gauche, maladroit ;* **torpes instintos** : *bas instincts.*
5. *« qui pouvait plus »,* d'où : *qui était plus fort que lui ;* **no puedo más** : *je n'en peux plus ;* **puede que...** : *il se peut que...* **no puede ser** : *c'est impossible :* **no puedo con él** : *je ne peux pas en venir à bout.*
6. **echame sólo un brazo al cuello** : notez l'utilisation usuelle d'un pronom personnel là où le français emploie l'adj. possessif : *« mets juste un bras à (autour de) mon cou » ;* **bébete el café** : *bois ton café ;* **echar** : *jeter,* mais aussi, **echar a la calle** : *mettre dehors, renvoyer ;* **echar**

— Candela ! Candelita !

Du noir abîme de l'eau, il vit confusément surgir un visage défiguré par l'horreur, des bras rigides qui se cramponnèrent à son cou.

— N'aie pas peur, ma belle ! Je vais te sauver ! Et il se mit à nager maladroitement, désespérément. Il sentait le courant, rapide et furieux, qui l'entraînait, qui était plus fort que lui.

— Lâche-moi ! Ne t'accroche pas ! Passe-moi seulement un bras autour du cou… Nous allons couler…

La réponse fut celle que dicte une peur aveugle, le mouvement de l'animal qui se noie : Candelita serra plus fort ses bras, paralysant tout effort, et une idée traversa l'esprit de Cesareo : « Nous allons mourir ensemble. »

Le poids de sa bien-aimée l'enfonçait en effet ; l'étreinte était mortelle. Il se laissa aller ; l'eau l'enveloppa. Son tibia heurta une pierre pointue, couverte de fines algues fluviales. La douleur du choc entraîna une réaction instinctive ; aveuglément, sans savoir comment, il repoussa ce corps soudé au sien, il dénoua les bras inertes ;

---

mano de : *recourir à ;* **echar una mano** : *donner un coup de main ;* **echar** et ses très nombreux sens.

7. **el abrazo :** ici, *étreinte,* idée de *resserrer ;* sens général : *embrassade, accolade ;* **abrazar, dar un abrazo** : *serrer, prendre dans ses bras, donner l'accolade :* **besar** : *embrasser, « donner un baiser ».* Dans les lettres : **un abrazo de** : *bien amicalement…* **un abrazo cariñoso, un fuerte abrazo** : *je vous embrasse affectueusement.*

8. **la espinilla :** *le tibia.*

9. **tropezar con :** *buter contre, trébucher, se heurter à, faire un faux pas* (propre et figuré) ; **tropezar con un hueso** : *tomber sur un os ;* **tropecé con él al salir del teatro** : *je suis tombé sur lui à la sortie du théâtre.*

10. *il repoussa ce corps-là…* **aquel** rend bien l'idée de corps *étranger* désormais dont il fallait se débarrasser.

de una patada enérgica volvió a salir a flote, y en pocas brazadas y pernadas de sobrehumana energía arribó[1] a la orilla[2] fangosa, donde se afianzó[3], agarrándose a las ramas espesas de los salces. Miró alrededor ; no comprendía. Chilló[4], desvariando[5] :

— ¡ Candelita ! ¡ Candela !

La sobrina del arcipreste no podía responder : iba río abajo hacia el mar del olvido.

---

1. **arribar :** *accoster, aborder, arriver :* **llegar**.
2. **la orilla :** *rive, berge ;* **a orillas del mar** : *au bord de la mer.*
3. **afianzarse :** *se saisir, se stabiliser, consolider.*
4. **chillar :** *pousser des cris.*
5. **desvariar :** *délirer, déraisonner ;* **desvarío** : *égarement, folie.*

d'un coup de pied énergique il refit surface, et en quelques brassées et mouvements de jambes, fruit d'une énergie surhumaine, il aborda la rive fangeuse, où il trouva prise en s'accrochant aux branches épaisses des saules. Il regarda autour de lui ; il ne comprenait pas. Et il cria, comme un fou :

— Candelita ! Candela !

La nièce de l'archiprêtre ne pouvait pas répondre ; la rivière l'emportait vers les profondeurs de l'oubli.

Leopoldo ALAS « CLARÍN »
(1852-1901)

Flirtation legitima

Flirt légitime

Critique littéraire brillant et professeur d'économie politique et de droit romain, il est connu aujourd'hui par ses œuvres de fiction romanesque et entre autres *La Regenta* (1885), qui est devenu un classique de la littérature espagnole, et *Su único hijo* (1891). Il a aussi écrit une centaine de nouvelles — genre littéraire qu'il tenait pour l'égal du roman — souvent publiées dans la presse quotidienne. Il est considéré comme le meilleur auteur de nouvelles de son époque.

La présente nouvelle est tirée de *Treinta Relatos* et faisait partie d'un ensemble de *Cuentos morales* publiés par Clarín en 1896. Celle-ci met en jeu les relations interpersonnelles et dénonce les conventions tant sociales que politiques de son époque.

Este señor don Diego Paredes estaba constantemente en ridículo y en candelero[1] siempre en berlina y siempre empleado[2]. Todos los ministros se reían de él y todos le dejaban en su dirección o en su puesto de consejero ; cobrando muy buenos cuartos. Y don Diego era feliz ; porque la vanidad le hacía no comprender las burlas de que era objeto ; y en cambio el sueldo era cosa tan positiva y al alcance de la mano que no podía menos de fijarse[3] en él. Atribuía la buena suerte de estar siempre en su sitio a su gran mérito. Creía sinceramente que ningún partido podía prescindir de sus luces y que por eso no quedaba nunca cesante[4]. Tenía de todo : era economista y escribía largo y tendido[5] acerca de *nuestros* ferrocarriles y de *nuestros* carbones, y de *nuestros* corchos, y en fin, de todo lo *nuestro* que no era suyo ; pero en sus ratos de ocio, come él decía, colgaba la péñola[6] de *hacer país*[7], *haciendo riqueza pública,* y descolgaba la lira[8] y escribía versos, imitando a Quintana[9] o a Cánovas del Castillo[9] que, para él, allá se iban[10]. *Dadme que pueda...* Dadme que cante... decían las odas de Paredes. Siempre estaba pidiendo algo, como si[11] no le chupara ya bastante al Estado. También era orador político y privado ; hablaba en familia y hablaba en el Congreso, porque era diputado cunero[12] casi siempre. Sus discursos eran de resistencia. Iba a su escaño como preparado para un viaje al polo ; llevaba cien mil documentos *fehacientes* y soporíferos, cinco vasos de agua, dos o tres cajas de pastillas, y hay quien[13] dice que las zapatillas y algunos fiambres.

---

1. **« estaba en ridículo... en candelero » :** idée de *provoquer la risée,* d'autant plus qu'il était haut placé, en vue.
2. Ici, fonctionnaire qui restait en place à chaque changement ministériel.
3. m. à m. : *se fixer, s'y tenir,* mais aussi sens courant de : *porter son attention sur, remarquer.*
4. **cesante :** personnage assez courant de l'époque, qui, « suspendu » dans ses fonctions, se retrouvait en disponibilité en attendant le retour au pouvoir de son parti...
5. **escribir o hablar « largo y tendido » :** *longuement.*
6. **colgar la péñola :** m. à m. : *accrocher la plume.*
7. **« hacer país », « hacer riqueza pública. » :** idée de

Notre don Diego Paredes était d'autant plus l'objet de la risée qu'il était constamment haut placé, toujours en berline, et toujours en fonction. Tous les ministres se moquaient de lui et tous l'abandonnaient à sa direction ou à son poste de conseiller, par ailleurs très lucratifs. Et don Diego était heureux, sa vanité l'empêchant de comprendre les plaisanteries dont il était l'objet ; et par contre son traitement était une chose si tangible, et d'accès si facile qu'il ne pouvait manquer de s'y intéresser. Il attribuait la chance de conserver son poste à ses grands mérites. Il croyait sincèrement qu'aucun parti ne pouvait se passer de ses lumières et que c'était pour cela qu'il n'était jamais suspendu de ses fonctions. Il était compétent en tout : il était économiste et écrivait longuement et abondamment à propos de *nos* chemins de fer et de *nos* charbons, et de *nos* lièges, et enfin, de tout ce qui était *à nous* et n'était pas à lui ; mais pendant ses moments de loisir, comme il disait, il posait sa plume qu'il utilisait *au service du pays et du bien public* ; et alors il décrochait la lyre et écrivait des vers, imitant Quintana ou Cánovas del Castillo, qu'il mettait au-dessus de tout. *Qu'il me soit permis* d'essayer, qu'il me soit permis de chanter les louanges.... disaient les odes de Paredes. Il était toujours en train de solliciter quelque chose, comme s'il n'exploitait pas déjà assez l'Etat. Il était à l'envi orateur public ou privé ; il parlait en famille et parlait au Congrès, parce qu'il était presque toujours élu député par protection officielle. Ses discours étaient un exercice d'endurance. Il allait à son banc comme s'il se préparait pour un voyage au pôle ; il emportait cent mille documents *dignes de foi* et soporifiques, cinq verres d'eau, deux ou trois boîtes de pastilles, et même, selon certains, ses pantoufles et quelques aliments froids.

---

tout faire pour la patrie ; lieux communs du langage parlementaire de l'époque. Tous les mots ou expressions en italique dans le texte ont cette intention satirique.

8. m. à m. : « *et décrochait la lyre* » *(son génie poétique...).*
9. hommes politiques et écrivains peu appréciés de « Clarín ».
10. *allaient très loin, étaient remarquables.*
11. **como si :** toujours suivi d'imp. de subj.
12. **cunero :** (de **cuna** : *berceau*), 1. (subs.), *enfant trouvé ;* 2. (adj.), *d'origine inconnue ;* par extension, *inconnu dans sa circonscription* et *élu par influence du gouvernement.*
13. **hay quien** ou **los hay que dicen :** *il y en a qui disent...*

Ello era que a las tres (!) o cuatro (! !) horas de estar don Diego *entendiendo* (*entiendo* yo[1], decía), o *teniendo* para sí[2], el orador parecía, por lo[3] descompuesto del traje, por el aspecto de cansancio, por sus maniobras entre papeles, cajas y vasos de agua, uno de esos amigos que se quedan a velar a un enfermo y se rodean de comodidades para pasar la noche al lado del moribundo. Don Diego velaba (los demás dormían) el sueño[4] de la Soberanía nacional ; y era hombre que a las dos de la madrugada[5] (en las sesiones permanentes, que eran su encanto), desatado[6] el nudo de la corbata, sueltos algunos botones del chaleco, y a veces enseñando un poco de la faja de seda encarnada, estaba dándole[7] vueltas a la *elocuencia* de los *números* y llenándose la boca con toneladas y caballos de vapor, y aplastando al preopinante[8] (que estaría[9] en la cama) bajo el peso de millones de kilos de *corned beef,* alias tasajo, que venían de los Estados Unidos cargados de amenazas, como nuevas hordas de Hunos en forma de carne salada.

En vano se le dormían los de la comisión[10], y los ministros de *guardia,* y los maceros..., él se creía el Cicerón de los *datos concluyentes* y el Demóstenes del arancel y de los certificados de origen. Era feliz, pero en el cielo de su dicha había una nube : la prensa. De las burlas de diputados y ministros no hacía caso ; ¡ todo envidia ! Pero las cuchufletas en papel impreso le desconcertaban, le aturdían.

---

1. **entiendo yo :** *je comprends, moi...,* ici : *moi, je pense, à mon avis.*
2. **tener para sí :** m. à m. : *avoir pour soi.* Ici, *avoir dans l'idée, croire, être persuadé.*
3. **por lo** + adj. : tournure très usuelle traduisant la cause et l'insistance. **Se burlan de él, por lo aburrido de sus discursos** : *on se moque de lui, tellement il est ennuyeux dans ses discours.*
4. *Le sommeil,* mais aussi *le rêve.*
5. m. à m. : *le petit matin, l'aube.* **De madrugada** : *de bon matin.* **Madrugar** : *se lever tôt.*
6. **desatado... sueltos... (soltar) :** phrases en apposition, le participe ou adj., toujours placés avant. **Iba por la calle, alta la cabeza** *(la tête haute).* On aurait pu dire plus

Le fait était qu'au bout de trois heures (!) ou quatre heures (! !) que Don Diego était en train de *penser* (*moi je pense,* disait-il), ou d'être *persuadé* en lui-même, l'orateur, à voir son costume fripé, son air fatigué, ses manipulations de papiers, entre les boîtes et les verres d'eau, semblait être un de ces amis qui restent pour veiller un malade et s'entourent de confort pour passer la nuit auprès du moribond. Don Diego veillait (les autres dormaient) le rêve de la Souveraineté nationale ; et c'était l'homme qui, à deux heures du matin (durant les sessions permanentes, qui faisaient sa joie, le nœud de cravate dénoué, quelques boutons de gilet défaits, et montrant parfois un peu de sa ceinture de soie rouge), rabâchait *des chiffres éloquents,* se gargarisait de tonnes et de chevaux vapeur, et qui écrasait l'orateur précédent (qui devait être au lit) sous le poids de millions de kilos de *corned-beef,* alias viande boucanée, qui telles de nouvelles hordes de Huns, sous forme de viande salée, arrivaient des Etats-Unis chargés de menaces.

En vain endormait-il les membres de la commission, et les ministres de *service,* et les huissiers... il se prenait pour le Cicéron des *données concluantes* et le Démosthène du droit de douane et des certificats d'origine. Il était heureux, mais dans le ciel de son bonheur, il y avait un nuage : la presse. Il ne faisait pas cas des moqueries de députés et de ministres ; tout cela n'était qu'envie ! Mais les piques sur papier imprimé le laissaient déconcerté et confondu.

---

couramment, sans emphase : **con el nudo de la corbata desatado, con algunos botones sueltos.**

7. Notez **estar** + gérondif dans toute sa valeur de durée... 1. **darle vueltas a...** : *tourner autour du pot, tourner et retourner.* 2. **La vuelta a...** : *le tour de ;* **dar media vuelta** : *faire demi-tour.*

8. étymol. : *qui a donné son opinion avant,* d'où : *l'intervenant qui l'a précédé à la tribune.*

9. cond. de possibilité au passé. Au prés., **estará en la cama** : *il doit être au lit.*

10. **se le dormían los de la comisión :** usuel : *devant lui.* Emploi de pron. pers. **Se me cala el coche** : *ma voiture cale ;* **se le murió el padre** : *son père est mort.*

En cuanto a un periódico se le ocurría [1] reírse de él, ya creía don Diego que España entera se apresuraba a comprar el *Diario de la mañana* para tener el gusto y el mal corazón de morirse de risa a costa del ilustrísimo señor don Diego Paredes. Cada gacetilla burlona [2] le parecía una sentencia definitiva ; creía que la *opinión* la formaban aquellos papeles, y que el mundo entero estaba obligado a creer que él era un mamarracho, si los periódicos daban en [3] emplear el *látigo de la sátira* contra su talento, su oratoria, sus números, sus versos.

El ridículo don Diego no fue muy popular, en su aspecto cómico, hasta que dio con él el demonio de *Masito* Caces, Tomás Caces, un escritor de gran crédito, adquirido con una sátira tan chusca como descarada. Masito escribió por casualidad en su periódico, muy popular, un articulejo [4] pintando a don Diego en la tribuna, en noche de *velar las armas* [5] junto a la pila del presupuesto. La descripción, en caricatura, hizo mucha gracia : Caces volvió a poco [6] sobre el asunto, y otra vez con buen éxito : vio en don Diego un gran filón ; lo estudió a fondo y encontró en él un modelo que ni a peso de oro [7]. La fama de Masito creció en un tercio y quinto [8] gracias a la poesía, a la oratoria, a la estadística de don Diego Paredes. Caces llegó a *poseer* tan bien a su personaje, que en las aventuras, gestos, palabras, y versos y discursos enteros que le atribuía, el público adivinaba que *así debía ser* el famoso personaje.

---

1. **ocurrírsele algo a alguien :** *avoir l'idée de, venir à l'esprit.* **Se me ocurrió ir al cine** : *l'idée me prit de...*
2. *articles satiriques, nouvelle, fait divers ;* **noticia, suceso, gazeta** : *journal :* **diario, periódico.**
3. **dar en (emplear, decir, pensar...) :** *s'obstiner à...* **dar en la solución** : *trouver, « tomber juste ».* **Dar con** : *trouver,* après avoir cherché. Plus loin dans le texte idée de *découvrir, remarquer.* **Dar por** + adj. : *considérer comme... etc.* (cf. emploi de **dar** et des prépositions.)
4. **articulejo : (artículo** + suffixe **ejo)**, emploi courant et délicat des suffixes péjoratifs.
5. Claire référence à Don Quichotte qui, la nuit avant d'être nommé chevalier, dans une cour de l'auberge, avait *veillé les armes* — qu'il avait posées sur **una pila** *(lavoir).*

Si un journal venait à le tourner en dérision, Don Diego croyait alors que toute l'Espagne s'empressait d'acheter *Le Journal du Matin* pour avoir le plaisir et la malveillance de mourir de rire aux dépens du très illustre Don Diego Paredes. Chaque commérage moqueur lui semblait être une sentence définitive ; il croyait que l'*opinion* était faite par ces papiers, et que le monde entier était obligé de croire qu'il était un pantin, si les journaux se mettaient à employer le *fouet de la satire* contre son talent, son art oratoire, ses chiffres, et ses vers.

Notre ridicule Don Diego ne fut pas très populaire, sous son aspect comique, jusqu'au moment où le découvrit ce démon de *Masito* Caces, Thomas Caces, un écrivain de grande audience, acquise grâce à une satire aussi drôle qu'effrontée. Masito écrivit par hasard, dans son journal très populaire, un petit article dépeignant Don Diego à la tribune, une nuit de *veillée d'armes* près de l'empilement des documents du budget. La description caricaturale fit beaucoup rire ; peu après, Caces revint sur le sujet, et à nouveau avec un grand succès : il vit en Don Diego un bon filon ; il l'étudia à fond et y trouva un modèle qui valait son pesant d'or. La renommée de Masito augmenta comme par enchantement grâce à la poésie, à l'art oratoire, à la statistique de Don Diego Paredes. Caces en arriva à si bien *posséder* son personnage, que dans les aventures, les gestes, les mots et les vers et discours entiers qu'il lui prêtait, le public devinait que le célèbre personnage *devait être ainsi*.

Jeux de mots : **pila** : *lavoir, pilier, vasque,* mais aussi : *pile, tas de dossiers...*

6. **a poco : poco tiempo después. A los tres días** : *trois jours après.*

7. Phrase elliptique : **« que (no hubiera encontrado) ni a peso de oro. »**

8. m. à m. : *augmenta d'un tiers et d'un cinquième.* C'est une allusion à l'augmentation — dans un héritage — de la part de libre disposition au bénéfice d'un des héritiers, ce qui réserve parfois de bonnes surprises aux bénéficiaires...

Lo que no sabía Caces era que don Diego, admirador en general de los escritores satíricos, a él, a Masito, le había consagrado un culto verdadero de entusiasmo literario, de mucho tiempo atrás [1], desde la época en que Caces no se acordaba [2] para nada del *ilustre prócer* [3].

¡ Cuál sería el terror de Paredes al verse [4] *flagelado* tan sin piedad [5] y a la continua por aquel [6] látigo, que, a su juicio, era capaz de derribar [7] un trono de un trallazo [8] ! Don Diego no dormía, don Diego lloraba en secreto, se aprendía de memoria los *palos* de su admirado enemigo, y hubiera dado un ojo de la cara por [9] comprarlo, por hacerlo suyo [10], o a lo menos, *reducirlo al silencio.*

Masito Caces veraneaba [11] en una hermosa villa del Norte. Allí vio una tarde, en una gira campestre, una mujer que le hizo decir para sus adentros : « Si yo creyera [12] en el *ideal* todavía, le encontraría a esa mujer un *aire de familia* con el ideal. » Pero no hizo caso... hasta que volvió a ver a aquella joven al día siguiente en la playa. Era más baja que otra cosa, trigueña [13], de cabello muy negro, abundante, en ondas ; boca fresca, ojos como los que tantas veces alaba [14] el Ramayana [15], como aquellos tan nobles y tan dulces de Sita, de figura de almendra. Las cejas [16] arcos del amor. ¡ Y cómo miraba ! ¡ Con qué franqueza y cuán sin malicia ni coquetería ! ¡ Miraba para ver, para enterarse [17]... y no volvía a mirar ! Eso era lo peor, no volvía a [18] mirar.

---

1. *depuis longue date.*
2. **acordarse de :** *se souvenir de.* **Recordar** *(se rappeler)* se construit sans pron. réfléchi et sans prép.
3. **prócer :** *homme illustre.* **Ilustre prócer** : pléonasme courant — intention satirique.
4. **al verse :** al + inf. : = valeur de temps : *à chaque fois que, quand, en se voyant...* **Al entrar él, los diputados empezaron a reírse** : *en entrant, à son entrée...*
5. **tan si piedad :** *de manière aussi impitoyable.* **Tan despiadadamente** : *aussi impitoyablement.*
6. **aquel** (au lieu de **este**) renvoie au passé du récit et aussi marque l'emphase.
7. *renverser.*
8. augmentatif : *coup de fouet.*
9. **por :** idée d'échange l'emporte sur idée de but **(para)**.

Ce que Caces ne savait pas, c'était que Don Diego, généralement admirateur des écrivains satiriques, lui avait voué, à lui, à Masito, un véritable culte d'enthousiasme littéraire, depuis bien longtemps, depuis l'époque où Caces ne se souciait en rien de l'*illustre héros.*

Quelle n'était pas la terreur de Paredes en se voyant *flagellé* si impitoyablement et si continuellement par ce fouet qui, à son avis, était capable de renverser un trône d'un seul coup ! Don Diego ne dormait pas, Don Diego pleurait en secret, il apprenait par cœur les *traits* que lui décochait son ennemi admiré et il aurait donné un de ses yeux pour l'acheter, pour le gagner à sa cause, ou à tout le moins, *le réduire au silence.*

Masito Caces passait l'été dans une jolie ville du Nord. Il y rencontra un après-midi, au cours d'une promenade champêtre, une femme qui lui fit se dire en lui-même : « Si je croyais encore à l'*idéal,* je trouverais à cette femme un *air de famille* avec l'idéal. » Mais il ne s'en soucia pas... jusqu'à ce qu'il revît cette jeune personne, le lendemain, sur la plage. Elle était plutôt petite, brune, avec une chevelure très noire et abondante, ondulée ; la bouche fraîche avec des yeux comme ceux que louait si souvent le Ramayana, comme ceux si nobles et si doux de Sita, au visage en amande. Les sourcils comme des arcs d'amour... Et quel regard ! Si franc, si dépourvu de malice ou de coquetterie ! Elle regardait pour voir, pour savoir... et elle ne ragardait plus ! C'était cela le pire, elle ne regardait plus.

---

10. **por hacerlo suyo : por** : même valeur que le précédent ; m. à m. : *le faire sien,* d'où : *le gagner à sa cause.*
11. **veranear :** *passer ses vacances d'été.* **El veraneo** : *les vacances d'été, la villégiature.* **El veraneante** : *l'estivant.*
12. phrase conditionnelle : principale au cond. (comme en français), subordonnée à l'imp. du subj. — **creyera** ou **creyese (creer).**
13. **trigueña :** *basanée.*
14. **alabar :** *louer, faire des louanges, chanter.*
15. **Ramayana :** célèbre épopée indienne, attribuée à Valmiki, dont le héros est l'époux de la très belle Sita.
16. **las cejas :** *les sourcils.*
17. **enterarse :** *savoir, apprendre.*
18. **volver a** + inf. : *refaire, faire à nouveau, recommencer,* d'où : **no volvía a mirar :** *elle ne regardait plus.*

Lo peor y lo mejor. Caces estaba cansado de la especie de ley fisiológica y psicológica, que hace de casi toda mujer una coqueta, frustrada, por lo menos.

En pocos días se enteró Caces de quién era la niña que cada vez le llegaba más adentro, que a *sus* años (cerca de cuarenta) le hizo sentir cosas parecidas a las más fuertes y memorables de su juventud, que había sido una continua orgía de idealidad apasionada. Gustaba a todos ; pero los Tenorios de oficio [1] la dejaban en paz, porque todo asedio era inútil. No hacía caso de nadie. Y esto con la mayor modestia. No era orgullosa, no afectaba [2] desdén ; no era fría, ni insustancial. Se adivinaba en sus ojos, en su boca, en su frente, en muchos gestos suyos, que había allí siete libros de amor posible, cerrados con siete sellos [3]. El caso era tener la clave [4].

Nadie se jactaba de [5] haber sorprendido en *Sita* (como la llamaba Caces, antes de saber quién era) la menor señal de preferencia ; nadie podía gozar [6] esa dulce vanidad de sorprender que una virgen casta nos mire a hurtadillas [7], con relación a *Sita*.

Y Caces, que nunca había sido presuntuoso en materia de seducción, y menos que nunca desde que se iba haciendo [8] viejo, Caces... con tanta sorpresa como placer [9] tuvo que declararse (a sí mismo nada más) que *la gran indiferente*... había llegado a notar que él la miraba mucho ; y que se le había conocido [10] que lo iba agradeciendo [11] ; y que gozaba al verse por Caces contemplada...

---

1. **los Tenorios de oficio :** m. à m. : *« Les Don Juan de métier » (professionnels...). Don Juan Tenorio :* pièce très populaire, encore aujourd'hui, de José Zorilla (1817-1893).
2. **afectar :** suivant le contexte : *affecter, éprouver, feindre,* ici, idée *d'afficher.*
3. **un sello :** *timbre, sceau, cachet.*
4. **la clave :** *la clé* (du problème), **la llave** (de la porte).
5. **jactarse de :** *se vanter de :* **la jactancia** : *la vantardise.*
6. **gozar :** *jouir, profiter, être content.*
7. **a hurtadillas :** *à la dérobée, du coin de l'œil.*
8. **desde que se iba haciendo viejo :** m. à m. : *depuis qu'il se faisait (devenait) vieux,* d'où : *depuis qu'il vieillissait.* Emploi de ir + gérondif (forme progressive) ; **hacerse** + adj. : une des traductions de *devenir.*

Le pire et le meilleur. Caces était las de cette sorte de loi physiologique et psychologique, qui fait de presque chaque femme une coquette, par déception, à tout le moins.

Au bout de peu de temps Caces sut qui était l'enfant qui gagnait de plus en plus son cœur, qui *à son âge* (près de quarante ans) lui fit ressentir des sensations semblables aux plus fortes et aux plus mémorables de sa jeunesse, laquelle avait été une orgie continuelle de quête passionnée de l'idéal. Elle plaisait à tous, mais les Don Juan de métier la laissaient en paix, parce que tout siège était inutile. Elle ne prêtait attention à personne. Et cela avec la plus grande modestie ; elle n'était pas orgueilleuse, elle n'affectait pas de mépris ; elle n'était ni froide, ni éthérée. Ses yeux, sa bouche, son front, beaucoup de ses attitudes laissaient deviner sept livres d'amour possible, fermés par sept sceaux. Le problème était d'en avoir la clef.

Personne ne se vantait d'avoir surpris chez *Sita* (ainsi l'appelait Caces, avant de savoir qui elle était) le moindre signe de préférence ; personne en parlant de *Sita* ne pouvait goûter cette douce vanité de surprendre qu'une chaste vierge vous regarde à la dérobée.

Et Caces qui n'avait jamais été présomptueux en matière de séduction, et moins que jamais depuis qu'il se faisait vieux, Caces..., avec autant de surprise que de plaisir, dut s'avouer (à lui seul) que *la grande indifférente* avait fini par remarquer que lui la regardait beaucoup ; et que l'on voyait bien qu'elle appréciait, et qu'elle avait plaisir à se voir contemplée par Caces...

---

9. **con tanta sorpresa como placer :** *avec autant de surprise que de plaisir :* comparatif d'égalité : **tan (tanto)... como : tanto** (adj.) s'accorde avec un nom : **tantos diputados, tanta gente,** etc.
10. **se le había conocido** *(connaître)* sens de *remarquer ; on avait remarqué chez elle, on voyait bien.*
11. **agradecer :** *remercier, être reconnaissant.* Ici : *apprécier.*

Y una noche, en el teatro, Tomás notó que *su amor último,* primero se había retirado un poco, en su palco [1], tapándose con una columna, y que, en el último entreacto, de repente [2], se había adelantado, y se había apoyado en el antepecho [3], conmovida [4], llenos los ojos de efluvios de pasión, y que un momento, rapidísimo, se *había atrevido* [5] a fijar la mirada en la suya, en la del periodista satírico en vacaciones. ¡ Virgen santísima qué mirada, qué instante ! Aquello sí que era [6] gozar como a los veinte años, como si no hubiera el infierno del desencanto definitivo, irremisible.

Para abreviar [7] : aquello se repitió... una vez... dos... muchas.

Sita, con gran parsimonia, admitía (y pagaba en *billetes* de mil pesetas [8], es decir, con pocas pero muy ricas miradas) la adoración respetuosa, apasionada en silencio, de Caces. Y así pasó el verano... y así comenzó el invierno en Madrid, donde se encontraron.

Caces, ya enamorado, y no sin esperanza, había dejado de llamar *Sita* a la de los ojos dignos de ser cantados por Valmiki. La llamaba... Elena Paredes. Por su nombre y apellido [9]. Era hija única de don Diego Paredes, viudo.

*

« ¿ Por qué habrá dejado en paz [10] al bueno de don Diego ese diablo de Masito ? Ni por casualidad [11] le alude [12] en sus sátiras políticas. »

Así decía la gente.

---

1. **el palco :** *la loge* (théâtre).
2. **de repente :** *soudainement.*
3. **el antepecho :** *garde-fou, accoudoir.*
4. **conmovida :** *émue, troublée.*
5. **atreverse a :** *oser, avoir l'audace...*
6. **sí que** + verbe : formule de renforcement. On peut la rendre en français par *c'est ça vraiment.* **Eso sí que es vivir !** *c'est ça la vraie vie !* **Eso sí que no !** *Cela, jamais de la vie !*
7. **para abreviar :** *pour abréger, en deux mots, bref.*
8. *payait très généreusement.*
9. **el nombre :** *le prénom, le nom* (générique) ; **el apellido :** *le nom de famille.*

Et un soir, au théâtre, Thomas remarqua que *son dernier amour* s'était d'abord retiré un peu, dans sa loge, se cachant derrière une colonne, et que, au dernier entracte, tout à coup, elle s'était avancée, et s'était appuyée contre la balustrade, émue, les yeux pleins d'effluves passionnés, et qu'à un moment, très vite, elle *avait osé* fixer son regard sur le sien, sur celui du journaliste satirique en vacances. Sainte Vierge, quel regard, quel moment ! Voilà qui était jouir comme à vingt ans, comme si n'existait pas l'enfer du désenchantement définitif, irrémissible.

Pour abréger : cela se répéta... une fois... deux fois... de nombreuses fois.

Sita, avec une grande parcimonie, admettait (et elle payait de retour en *monnaie* forte, c'est-à-dire avec de rares mais chauds regards) l'adoration respectueuse, passionnée et silencieuse de Caces. Et ainsi passa l'été... et ainsi commença l'hiver à Madrid, où ils se rencontrèrent.

Désormais amoureux, et non sans espoir, Caces avait cessé d'appeler *Sita* celle dont les yeux étaient dignes d'être changés par Valmiki. Il l'appelait... Hélène Paredes, c'est-à-dire par son prénom et son nom, car elle était la fille unique de Don Diego Paredes, veuf.

*

« Pourquoi ce diable de Masito a-t-il donc laissé en paix ce brave Don Diego ? Même par inadvertance, ses satires politiques n'y font plus allusion. »

Ainsi parlaient les gens.

---

10. *comment (pourquoi) a-t-il pu laisser en paix... ?*
11. **por casualidad :** *par hasard.*
12. **aludir :** *faire allusion.*

¡ Qué había de burlarse[1] de Paredes el pobre Caces, si tenía el *ilustre prócer* aquella hija que robaba los corazones, y a él le tenía en el quinto cielo[2] !

Trabajo le costaba[3] echar de la pluma, a cuyos puntos[4] se venía él sólo[5], el nombre del orador grotesco y soporífero ; pero ¡ no faltaba más[6] !

Aunque[7] Masito suponía que Elena ígnoraba las judíadas[8] que él habia escrito contra su padre, y creía que ella no leería su periódico, ni se metería en[9] las quisicosas[10] de la vida pública de don Diego, sin embargo, por delicadeza, por creerlo[11] deber del amor, se abstenía de atacar ni citar siquiera al ilustre Paredes.

Mucho tiempo estuvo sin atreverse a pasar de su adoración muda ; temía un fracaso[12] por lo arriesgado de su intento[13]. Elena era una buena proporción[14], bella, de fama[15] envidiable, y... muy joven. Él no era rico... y no tenía nada de Adonis... y era ya, para tal niña, algo viejo.

Pero en una ocasión que le pareció propicia, y en que juzgó ridículo no aprovechar los momentos, Caces, con ciertos rodeos[16], con fina retórica natural y sencilla[17] (la más capciosa retórica), entre pruebas de respeto mezclado de pasión indomable... se declaró verbalmente.

Sus palabras, su actitud, causaron hondo[18] efecto en Elena Paredes.

---

1. **qué había de burlarse... !** Exclamatif à valeur négative : équivaut à : ¡ **Cómo iba a burlarse... ! No podía burlarse** : *comment pouvait-il, aurait-il pu se moquer... il ne pouvait nullement...*
2. **y a él le tenía en el quinto cielo :** m. à m. : « *et elle l'avait (lui) au 5e ciel* » d'où : *il était au 7e ciel, grâce à elle...*
3. **costar trabajo :** usuel ; *avoir du mal à...*
4. **a cuyos puntos :** *aux pointes de laquelle* (la plume), d'où : *bout de la plume.* Emploi du relatif **cuyo.**
5. **sólo :** *seulement, ne... que ;* **solo** : *seul.*
6. *il ne manquait plus que ça ! comment donc !*
7. **aunque** + ind. : *bien que* + subj. **Aunque lo sé** : *bien que je le sache.* **Aunque** + subj. : *même si* + ind.
8. **judiadas :** fam. : *mauvais coups, propos injurieux, cruels.*

Comment ce pauvre Caces pouvait-il se moquer de Paredes, alors que l'*illustre héros* était le père de cette fille qui volait les cœurs, et l'avait conduit au septième ciel !

Il avait de la peine à chasser du bout de sa plume le nom de l'orateur grotesque et soporifique ; mais il n'aurait plus manqué que cela !

Quoique Masito supposât qu'Hélène ignorait les cruautés qu'il avait écrites contre son père, et crût qu'elle ne devait pas lire son journal, ni ne devait se mêler des énigmes de la vie publique de Don Diego, cependant, par délicatesse, parce qu'il croyait que c'était un devoir d'amour, il s'abstenait d'attaquer et même de citer l'illustre Paredes.

Il resta longtemps sans prendre le risque de sortir de son adoration muette ; il craignait un échec, en raison du caractère osé de cette tentative. Hélène était une chance pour lui, elle était belle, avait une réputation enviable, et... était très jeune. Lui n'était pas riche... et n'avait rien d'Adonis... et il était déjà quelque peu âgé pour une telle enfant.

Mais en une occasion qui lui sembla propice, et dont il jugea ridicule de ne pas profiter, Caces, avec certains détours, par une fine rhétorique faite de naturel et de simplicité (la rhétorique la plus insidieuse), en faisant preuve d'un respect mêlé à une indomptable passion... se déclara verbalement.

Ses paroles, son attitude produisirent un profond effet sur Hélène Paredes.

---

9. **meterse en :** *se mêler de, s'intéresser à...* **meterse con alguien** : *embêter, taquiner.*
10. **las quisicosas :** fam. : *énigmes, problèmes, « colles ».*
11. **por creerlo :** *parce qu'il croyait, il considérait cela...* **Por** + inf. : *parce que* + ind. **Por no saberlo ella** : *parce qu'elle ne le sait (savait) pas.*
12. **temer :** *craindre, redouter ;* **fracaso** : *échec.*
13. **el intento :** *tentative, dessein* (projet) ; **intentar** : *tenter de.*
14. **proporción : oportunidad, ocasión** : *chance.*
15. **la fama :** *réputation, nom, renommée.*
16. **los rodeos :** *détours.*
17. **sencilla :** *simple, facile.*
18. **hondo :** *profond, grand.*

Pero la sustancia de la respuesta fue como sigue :

« Yo no he querido a nadie todavía ; tengo del amor una idea acaso[1] exagerada ; el hombre que primero me llamó la atención fue usted. Mi padre me había enseñado a admirar el talento de usted hace mucho tiempo, antes de conocerle de vista. Después me enseñó a ver en usted el enemigo mayor[2] de la tranquilidad de mi casa. Somos solos mi padre y yo ; nos queremos mucho... yo le adoro ; es muy nervioso[3], muy impresionable ; padece[4] infinito con los ataques de la prensa. Los artículos de usted, a quien tanto admira[5], le dejaban confuso, avergonzado... y a mí ¡ me han hecho llorar tantas veces !

La primera vez que, allá, en los baños[6], me dijeron : ése es Caces[7], le miré a usted mucho tiempo seguido sin que usted me viera[8]. Casi me daba ira[9] no encontrarle antipático, odioso. Después noté que usted empezaba a fijarse en mí. La impresión fue grande y dulce... Me halagaba[10] aquella contemplación, y además, yo sentía que me daba una ventaja que había de aprovechar[11] no sabía cómo, pero sin duda. Dejé pasar el tiempo, me dejé mirar... querer, pues usted dice que llegó a tanto[12]. Poco a poco formé mi plan. Los sucesos[13] me ayudaron a inventarlo. Noté después de algunos meses, que usted ya no molestaba[14] a mi padre. Él, que nada sabía de... mis coqueterías, de mi *flirtation*, también empezó a respirar tranquilo.

---

1. **acaso** : *peut-être ;* **quizás, a lo mejor, tal vez** . Attention : **el ocaso** : *le crépuscule.*
2. **mayor** : *le plus grand (principal) ennemi ;* **el mayor** : *l'aîné ;* **los mayores** : *les grandes personnes.*
3. **es nervioso** : *il est nerveux ;* **está nervioso** : *il est énervé.*
4. **padecer** : *souffrir ;* **padecer une situación** : *subir.*
5. **a quien tanto admira** *(qu'il admire tant) :* complément de personne précédé de la préposition « **a** ».
6. **en los baños** : *aux eaux.* **Ir a los baños** : *aller aux eaux ;* **el baño** : *bain, baignade, baignoire.*
7. **ése es Caces** : *voilà Caces, c'est lui Caces ;* **ése** : *celui-là,* emploi des pron. démonstratifs.
8. **sin que usted me viera** : concordance de temps usuelle. Au prés. on aurait dit : **le miro sin que usted me vea.**

Cependant sa réponse fut, en substance, la suivante : « Je n'ai encore aimé personne ; j'ai de l'amour une idée peut-être exagérée ; l'homme qui attira le premier mon attention ce fut vous. Mon père m'avait appris à admirer votre talent il y a longtemps, avant de vous connaître de vue. Depuis, il m'a appris à voir en vous le plus grand ennemi de la tranquillité de notre maison. Nous sommes seuls mon père et moi ; nous nous aimons beaucoup... je l'adore ; il est très nerveux, très impressionnable ; il souffre infiniment des attaques de la presse. Les articles provenant de vous, qu'il admire tellement, le laissaient troublé, honteux... et moi ils m'ont fait pleurer si souvent !

La première fois que, là-bas, à la station balnéaire, on m'a dit : voilà Caces, je vous ai regardé longtemps sans que vous m'aperceviez. Cela me mettait presque en colère de ne pas vous trouver antipathique, odieux. Ensuite, je me rendis compte que vous commenciez à me remarquer. Ce fut une grande et douce impression... Cette contemplation me flattait, et en plus, je sentais qu'elle m'offrait un avantage dont je devais profiter, je ne savais comment, mais sans hésiter. Je laissai passer le temps, je me laissai regarder... aimer..., puisque vous dites que vous en êtes arrivé à cet extrême. Peu à peu, je conçus mon plan. Les circonstances m'aidèrent à l'inventer. Je notai après quelques mois, que vous ne malmeniez plus mon père. Lui, qui ne savait rien de... mes coquetteries, de mon *flirt*, commença aussi à vivre tranquillement.

---

9. **me daba ira :** *me mettait en colère, me rendait furieuse ;* **dar ganas** : *faire, avoir envie de ;* même construction que : **dar lástima** : *faire pitié.* **Dar las gracias** : *remercier.*
10. **halagar :** *flatter ;* **los halagos** : *les flatteries.*
11. **que había de aprovechar :** *dont je devais tirer profit ;* **haber de,** valeur de **tener que** : *devoir* (obligation).
12. **a tanto :** *à un tel extrême.*
13. **los sucesos :** *les faits, les événements, les circonstances.*
14. **molestar :** *déranger, vexer,* d'où : *blesser, offenser.*

Hablaba en el Congreso, escribía en verso y en prosa... y usted le dejaba en paz. ¡ Pobre papá de mi alma ! ¡ Está tan solo ! ¡ Quería tanto a mi madre ! Es tan nervioso ! ¡ Le impresiona tanto todo ! Al fin llegué a ver claramente que usted, por mí[1], porque yo le gustaba, ya no mortificaba a mi padre. Se lo agradecí[2]... y aproveché sus buenas disposiciones. Si antes no sabía yo fijamente por qué me dejaba adorar con gusto y dudaba de la legitimidad de mis tenues insinuaciones, ahora ya, sin miedo, sin remordimiento, le miraba a usted, le *alentaba*[3], para asegurar la paz de mi casa ; para tener contento al hombre que más quiero en el mundo. Ya lo sabe usted todo[4]... Temía este momento. Podía seguir[5] dándole esperanzas... pero así, de palabra... el engaño[6] me parecería ya una traición con mi firma[7]. *Lo demás*[8], lo que hubo hasta hoy... al fin es lo que se llama en inglés *flirtation*[9]. No pasa de ahí[10]. ¿ Se cree usted con derechos ? Alguno tiene ; el que ahora usa... el de atreverse a declararse. Pero yo soy libre todavía. ¿ Que he coqueteado un poco ? Puede ser. Puede haber sido... principalmente por ver feliz a mi padre. ¿ Que acaso podría llegar yo a quererle a usted ? Acaso. Pero no quiero ponerme a ello[11]. Mientras mi padre viva[12] seré suya, su hija, su compañera inseparable. Y de usted no seré nunca. No es venganza. Pero yo... no puedo ser esposa de quien ha puesto en ridículo[13] a mi padre.

---

1. **por mí :** *à cause de moi, grâce à moi ;* **para mí** : *pour moi* (destination).
2. **se lo agradecí :** *je vous en fus reconnaissante ;* **agradecer algo a alguien** *(quelque chose à quelqu'un) : remercier de...* **Le agradezco su gesto** : *je vous remercie de votre geste.* **Se lo agradezco** : *je vous en remercie ;* groupe de pron. de la 3e pers. qui se suivent (*le lui, le leur,* etc.) : **se lo, se la, se los, se las,** le pron. **se** correspondant au français : *lui, leur, vous* (**usted**) ; **se lo digo** : *je le lui dis* ou *je vous le dis* (**a usted**).
3. **alentar :** *encourager.*
4. *Maintenant, vous savez tout.* **Lo** précède le verbe quand **todo** est compl. d'objet.
5. **seguir** + gérondif : *continuer à (de)* + inf. Notez l'enclise du pron. au gérondif : **dándole**.

Il parlait au Congrès, il écrivait en vers et en prose... et vous le laissiez en paix. Pauvre papa, cher à mon âme ! Il est si seul ! Il aimait tant ma mère ! Il est si nerveux ! Tout l'impressionne tellement ! Je parvins enfin à concevoir clairement qu'à cause de moi, parce que je vous plaisais, vous ne mortifiiez plus mon père. Je vous en fus reconnaissante... et mis à profit vos bonnes dispositions. Si auparavant je ne savais pas exactement pourquoi je me laissais adorer avec plaisir et doutais de la légitimité de mes légères avances, ensuite, c'est sans crainte, sans remords, que je vous regardais, que je vous *encourageais*, pour assurer la tranquillité de notre maison ; pour que l'homme que j'aime le plus au monde puisse être heureux. Maintenant vous savez tout... Je redoutais cet instant. J'aurais pu continuer à vous donner des espérances, mais maintenant, de vive voix... ce leurre serait une véritable trahison de ma part. Quant au *reste*, ce qu'il y a eu jusqu'à aujourd'hui..., eh bien, c'est ce que l'on appelle en anglais « *Flirtation* ». Cela ne va pas plus loin. Vous pensez avoir des droits ? Vous en avez un : celui dont vous usez maintenant... Celui d'oser vous déclarer. Mais je suis encore libre. Ai-je un peu fait la coquette ? C'est possible. Cela a pu être... essentiellement pour rendre mon père heureux. Pourrai-je un jour parvenir à vous aimer ? Peut-être. Mais je ne veux pas l'entreprendre. Tant que mon père vivra, je serai sienne, sa fille, sa compagne inséparable. Et je ne serai jamais à vous. Ce n'est pas de la vengeance. Mais moi... je ne peux être l'épouse de celui qui a couvert mon père de ridicule.

---

6. **el engaño :** *leurre, duperie, tromperie.*
7. **la firma :** *signature.*
8. **lo demás :** *le reste.* **Por lo demás** : *quant au reste.*
9. Le mot anglais est devenu aujourd'hui en espagnol : **flirteo (flirtear).**
10. **No pasa de ahí :** m. à m. : *cela ne passe pas de là,* d'où : *cela ne va pas plus loin.*
11. m. à m. : *mais je ne veux pas m'y mettre.*
12. **mientras mi padre viva :** *tant que mon père vivra :* subordonnée temporelle : subj. La principale est au fut. comme en français ; emploi du subj.
13. **poner en ridículo :** *tourner en ridicule, ridiculiser ;* **hacer ou quedar en ridículo** : *se rendre ridicule.*

Esas burlas separan más que la sangre. En todo caso, y perdóneme usted si soy pedante (por eso le he leído a usted) tengo más vocación de Antigona[1] que de Julieta. Yo, lo repito, no he querido venganza, sino defender nuestra dicha[2]. Ahora usted, si se cree ofendido, burlado, puede satisfacer su despecho[3], puede vengarse, volver a las andadas[4], a hacerme llorar otra vez riéndose y haciendo al público reírse de mi padre. »

Y como Caces no era un miserable, dicho se está que se quedó[5] con las calabazas[6] y sin aquel filón de sátira y caricaturas a la pluma que le proporcionaban[7] las ridículas pretensiones de don Diego Paredes, el pobre viudo, el padre de Elena, el *ilustre prócer,* a quien tanto quería su hija única.

---

1. claire allusion littéraire à l'amour filial incarné par Antigone en opposition avec l'amour passion de Juliette pour Roméo qu'elle épouse secrètement bien qu'il soit le fils d'une famille ennemie.
2. **la dicha :** *le bonheur ;* dichoso : *heureux.*
3. **el despecho :** *le dépit.*
4. **volver a las andadas :** *recommencer, retomber dans les mêmes fautes, erreurs.* **Lo andado** : *le chemin parcouru.*
5. **se quedó :** m. à m. : *il resta,* d'où : *il se retrouva.*
6. **las calabazas :** *citrouille.* **Dar calabazas** : *coller, recaler* (à un examen), *dire non, éconduire* (un prétendant).
7. **proporcionar :** *procurer, fournir.* Attention : **procurar :** *essayer.*

Ces plaisanteries sont un plus grand obstacle que le sang. En tout cas, et pardonnez-moi si je suis pédante (c'est pour ça que je vous ai lu), j'ai plus vocation à être Antigone que Juliette. Je le répète, je n'ai pas voulu me venger, mais défendre notre bonheur. Maintenant, si vous vous jugez offensé, bafoué, vous pouvez passer votre colère, vous pouvez vous venger, recommencer vos attaques, me faire pleurer à nouveau en vous moquant et en faisant rire le public aux dépens de mon père. »

Et comme Caces n'était pas un misérable, il est entendu qu'il se retrouva éconduit et privé de ce filon de satire et de caricatures pour sa plume que lui procuraient les prétentions ridicules de Don Diego Paredes, le pauvre veuf, le père d'Hélène, l'*illustre personnage* que sa fille unique aimait tant.

Emilia PARDO BAZÁN

Las medias rojas

Les bas rouges

Cette dernière nouvelle, un chef-d'œuvre de concision, allie une rare économie de moyens à une densité exceptionnelle de traits d'observation.

Emilia Pardo Bazán y évoque quelques grands thèmes : l'émigration, la condition paysanne, l'égoïsme et la peur de la solitude, la méfiance de la nouveauté, la féminité comme aussi la violence des sentiments, voire la brutalité, le calcul, la frustration.

Toutes ces tensions et passions apparaissent dans un registre intimiste et sont insérées dans le milieu rural galicien du début du siècle.

Cuando la rapaza entró cargada con el haz de leña[1] que acababa de merodear[2] en el monte del señor amo[3], el tío Clodio no levantó la cabeza, entregado a la ocupación de picar un cigarro, sirviéndose, en vez de navaja, de una uña córnea, color de ámbar oscuro, porque la había tostado el fuego de las apuradas colillas[4].

Ildara soltó el peso en tierra y se atusó el cabello, peinado a la moda « de las señoritas » y revuelto por los enganchones[5] de las ramillas que se agarraban a él. Después, con la lentitud de las faenas[6] aldeanas[7], preparó el fuego, lo prendió, desgarró las berzas[8], las echó en el pote negro, en compañía de unas patatas mal troceadas y de unas judías asaz secas, de la cosecha[9] anterior, sin remojar. Al cabo de estas operaciones, tenía el tío Clodio liado[10] su cigarrillo, y lo chupaba desgarbadamente, haciendo en los carrillos[11] dos hoyos como sumideros[12] grises, entre el azuloso de la descuidada barba.

Sin duda la leña estaba húmeda de tanto llover la semana entera, y ardía[13] mal, soltando una humareda acre ; pero el labriego[14] no reparaba[15] : al humo, ¡ bah !, estaba él bien hecho desde niño. Como Ildara se inclinase para soplar y activar la llama, observó el viejo cosa más insólita : algo de color vivo, que emergía de las remendadas y encharcadas sayas[16] de la moza... Una pierna robusta, aprisionada en una media roja, de algodón...

---

1. **la leña :** *le bois à brûler.*
2. **merodear :** *chaparder, voler.*
3. *le maître* (domestiques et en milieu rural) ; *le maître d'école :* **el maestro.**
4. **apuradas :** de **apurar** : *finir, épuiser ;* **apurar el cigarillo** : *finir sa cigarette ;* **apurarse** : *s'en faire, s'inquiéter ;* **colillas** (f.) : *mégots.*
5. **enganchón :** de **enganche** : *accrochage.*
6. **la faena :** *l'occupation, besogne ;* **las faenas del campo** : *les travaux des champs ;* **hacer una faena** : *jouer un mauvais tour.*
7. adj. de **aldea** : *bourg, hameau.*
8. *les choux,* fam. : **ser un berzas** : *une andouille.*
9. **la cosecha :** *récolte.*

Lorsque la jeune fille entra, chargée du fagot de bois qu'elle venait de chaparder dans les bois appartenant à leur propriétaire, le père Clodio ne leva pas la tête, occupé qu'il était à couper un cigare, en se servant, en guise de couteau, d'un ongle corné, couleur d'ambre foncé à force d'avoir été brûlé par le feu des mégots fumés jusqu'au bout.

Ildara lâcha le fardeau à terre et se lissa les cheveux, peignés à la mode des « demoiselles » et emmêlés par les brindilles qui s'y étaient accrochées. Ensuite, avec la lenteur propre aux tâches champêtres, elle prépara le feu, l'alluma, éplucha les choux, les jeta dans la marmite noire, en compagnie de quelques pommes de terre mal coupées en morceaux et de quelques haricots très secs, de la récolte précédente, et qui n'avaient pas trempé. À la fin de ces opérations, le père Clodio avait lié sa cigarette et la suçait sans entrain, ce qui produisait sur ses joues deux trous comme des puisards gris au milieu de sa barbe bleuâtre et négligée.

Sans doute le bois était-il humide, tant il avait plu tout au long de la semaine, et il brûlait mal, laissant échapper un nuage de fumée âcre ; mais le paysan n'y prêtait pas attention : bah ! depuis qu'il était enfant, il était bien habitué à la fumée. Alors qu'Ildara se baissait pour souffler et activer la flamme, le vieux observa quelque chose de plus insolite : quelque chose de couleur vive qui émergeait des jupes raccommodées et mouillées de la jeune fille... une jambe robuste, emprisonnée dans un bas de coton rouge...

---

10. **tenía liado** ou **había liado :** *avait lié, roulé sa cigarette.*
11. **carrillos :** *joues, pommettes ;* **comer a dos carrillos** : *manger comme quatre.*
12. de **sumir** : *creuser, enfoncer.*
13. **arder :** (intrans.), *brûler ;* **arde la casa** : *la maison brûle,* mais **quemar un papel** : *brûler un papier.*
14. *laboureur, paysan.*
15. **reparar :** *faire attention, remarquer.*
16. *jupes, sous-jupon.*

— ¡ Ey ! ¡ Ildara !

— ¡ Señor padre !

— ¿ Qué novidá [1] es ésa ?

— ¿ Cuál novidá ?

— ¿ Ahora me gastas [2] medias, como la hirmán [3] del abade ?

Incorporóse [4] la muchacha, y la llama, que empezaba a alzarse, dorada, lamedora [5] de la negra panza del pote, alumbró [6] su cara redonda, bonita, de facciones pequeñas, de boca apetecible, de pupilas claras, golosas de vivir.

— Gasto medias, gasto medias — repitió, sin amilanarse [7] —. Y si las gasto, no se las debo a ninguén [8].

— Luego [9] nacen los cuartos [10] en el monte — insistió el tío Clodio con amenazadora sorna [11].

— ¡ No nacen !... Vendí al abade unos huevos, que no dirá menos él... Y con eso merqué [12] las medias.

Una luz de ira cruzó por los ojos pequeños, engarzados en duros párpados, bajo cejas hirsutas, del labrador... Saltó del banco donde estaba encarranchado [13], y agarrando a su hija por los hombros, la zarandeó brutalmente, arrojándola contra la pared ; mientras barbotaba :

— ¡ Engañosa ! ¡ Engañosa ! ¡ Cluecas andan [14] las gallinas que no ponen !

Ildara, apretando los dientes por no gritar de dolor, se defendía la cara con las manos. Era siempre su temor de mociña [15] guapa y requebrada [16], que el padre la *mancase* [17], como le había sucedido a la Mariola, su prima, señalada [18] por su propia madre en la frente con el aro de la criba, que le desgarró los tejidos.

---

1. déformation de **novedad** : *nouveauté.*
2. **gastar :** *porter ;* **gastar medias** : *porter des bas ;* **gastar dinero** : *dépenser de l'argent ;* **gastar gasolina** : *consommer de l'essence.*
3. **hirmán** ou **irmán :** variante galicienne pour **hermana** : *sœur.*
4. **incorporarse :** *se relever, se redresser.*
5. de **lamer** : *lécher.*
6. **alumbrar :** *éclairer, illuminer.*
7. **amilanarse :** *intimider, effrayer.*
8. galicien pour **ninguno, nadie** : *personne.*

— Eh, Ildara !

— Père !

— Qu'est-ce que c'est que cette nouveauté ?

— Quelle nouveauté ?

— Voilà que maintenant tu portes des bas, comme la sœur du curé ?

La jeune fille se redressa, et la flamme qui commençait à s'élever, dorée, en léchant la panse noircie de la marmite, éclaira son joli visage rond, aux traits fins, à la bouche appétissante, aux pupilles claires, gourmandes de vie.

— Je porte des bas, je porte des bas, répéta-t-elle sans s'effrayer. Et si je les porte, je ne les dois à personne.

— Alors, les sous poussent dans les bois, insista le père Clodio, d'un air sarcastique et méchant.

— Ils n'y poussent pas !... J'ai vendu au curé quelques œufs, il vous le dira... Et avec j'ai acheté les bas.

Une lueur de colère traversa les petits yeux du paysan enchâssés dans de dures paupières, sous des sourcils hirsutes... Il sauta du banc sur lequel il était affalé et, attrapant sa fille par les épaules, il la secoua brutalement, en la projetant contre le mur ; tandis qu'il marmottait :

— Menteuse ! Menteuse ! Les poules couvent et ne pondent pas !

Ildara, serrant les dents pour ne pas crier de douleur, défendait son visage de ses mains. C'était toujours sa crainte de gamine jolie et courtisée, que le père l'estropiât, comme cela était arrivé à Mariola, sa cousine, marquée au front par sa propre mère avec le cerceau du crible qui lui déchira les chairs.

---

9. *donc.* **Pienso, luego existo** : *je pense, donc je suis.* adv. : *après, plus tard.* **Hasta luego** : très usuel : *à tout à l'heure, à bientôt.*
10. **los cuartos :** *les sous.*
11. **con sorna :** *d'un air goguenard.*
12. de **mercar** : *acheter* (**comprar**).
13. m. à m. : *attelé.*
14. **andan, (están) cluecas :** *elles couvent ;* **gallina clueca** : *poule couveuse.*
15. de **moza** : *jeune fille.*
16. *courtisée.* **Los requiebros** : *propos galants.*
17. de **mancar** : *abîmer, estropier ;* **manco** : *manchot.*
18. **señalar :** *marquer* (laisser une cicatrice).

Y tanto más defendía su belleza, hoy que se acercaba el momento de fundar en ella un sueño de porvenir.

Cumplida la mayor edad[1], libre de la autoridad paterna, la esperaba el barco, en cuyas entrañas tantos de su parroquia[2] y de las parroquias circunvecinas se habían ido hacia la suerte, hacia lo desconocido de los lejanos países[3] donde el oro rueda por las calles y no hay sino[4] bajarse para cogerlo. El padre no quería emigrar, cansado de una vida de labor[5], indiferente a la esperanza tardía : pues que se quedase él... Ella iría sin falta ; ya estaba de acuerdo con el *gancho*[6], que le adelantaba los pesos[7] para el viaje, y hasta le había dado cinco de señal[8], de los cuales habían salido las famosas medias... y el tío Clodio, ladino, sagaz, adivinador o sabedor, sin dejar de tener acorralada[9] y acosada[10] a la moza, repetía :

— Ya te cansaste de andar descalza de pie y pierna, como las mujeres de bien, ¿ eh, condenada ? ¿ Llevó medias alguna vez tu madre ? ¿ Peinóse como tú, que siempre estás dale que[11] tienes con el cacho de espejo ? Toma, para que te acuerdes...

Y con el cerrado puño hirió primero la cabeza, luego, el rostro, apartando las medrosas[12] manecitas[13], de forma no alterada aún por el trabajo, con que se escudaba Ildara, trémula. El cachete[14] más violento cayó sobre un ojo, y la rapaza vio, como un cielo estrellado, miles de puntos brillantes envueltos en una radiación de intensos coloridos sobre un negro terciopeloso. Luego, el labrador aporreó[15] la nariz, los carrillos.

---

1. m. à m. : *(une fois) sa majorité « accomplie »*, d'où : *une fois majeure.* **Ayer cumplió dieciocho años** : *il a eu 18 ans, hier ;* **el cumpleaños** : *l'anniversaire.*
2. **la parroquia :** ici (en Galice) *canton,* sens général : *paroisse, clientèle.* **Parroquiano** : *paroissien, client, habitué.*
3. allusion à la très forte émigration en Galice au début du siècle vers l'Amérique latine. Dans plusieurs pays latino-américains, les Espagnols sont surnommés « **gallegos** ».
4. **no hay sino :** *il n'y a qu'à.*
5. **la labor :** *labeur, travail.*
6. **el gancho :** fam. : *rabatteur, racoleur ;* **mujer que tiene gancho** : *femme qui a du chien.*

Et elle défendait d'autant plus sa beauté qu'approchait aujourd'hui le moment de bâtir sur elle un rêve d'avenir.

Une fois majeure, libérée de l'autorité paternelle, le bateau l'attendait, bateau dans les entrailles duquel tant de ceux de son canton et des cantons environnants étaient partis à l'aventure, tenter leur chance, vers l'inconnu des pays lointains où l'or roule dans les rues, et où il n'y a qu'à se baisser pour le ramasser. Le père ne voulait pas émigrer, fatigué d'une vie de labeur, indifférent à l'espoir tardif : eh bien, il n'avait qu'à rester, lui ... Quant à elle, elle partirait sans faute ; elle était déjà d'accord avec le racoleur qui lui avançait l'argent du voyage, et lui avait même donné cinq pesos d'avance, grâce auxquels étaient apparus les fameux bas ... et le père Clodio, madré, rusé, ayant deviné ou étant au courant, et qui traquait et harcelait toujours la jeune fille, répétait :

— Alors, tu es fatiguée de marcher nu pieds et les jambes nues, comme les honnêtes femmes, hein, malheureuse ? Est-ce que ta mère a jamais porté des bas ? Est-ce qu'elle se peignait comme toi, qui es toujours en train de te servir de ce morceau de miroir ? Attrape, pour te souvenir...

Et de son poing fermé, il frappa d'abord la tête, ensuite le visage, écartant les petites mains craintives, dont la forme n'avait pas encore été altérée par le travail, avec lesquelles Ildara se protégeait en tremblant. Le coup de poing le plus violent tomba sur un œil, et la gamine vit, comme un ciel étoilé, des milliers de points brillants entourés d'un rayonnement de coloris intenses sur un noir velouté.

Ensuite, le paysan écrasa le nez, les joues.

---

7. monnaie « imaginaire » qui correspondait à 15 réaux ; comme aujourd'hui **duro** : 5 pesetas ; **peso** : unité de monnaie dans plusieurs pays d'Amérique latine.
8. **de señal :** *en acompte.*
9. **acorralar :** *traquer, acculer ;* **animal acorralado** : *aux abois.*
10. **acosar :** *poursuivre, harceler.*
11. **estar dale que ... :** expression d'insistance : *ne pas arrêter de ...*
12. **medroso (a) :** *peureux, craintif.*
13. de **manos** : *mains ;* remarquer la valeur affective du dim.
14. **cachete :** *coup.* sens courant de *tape.*
15. **aporrear :** *frapper.*

Fue un instante de furor, en que sin escrúpulo la hubiese matado, antes que verla marchar, dejándole a él solo, viudo, casi imposibilitado de cultivar la tierra que llevaba en arriendo[1], que fecundó con sudores tantos años, a la cual profesaba un cariño[2] maquinal, absurdo. Cesó al fin de pegar ; Ildara, aturdida de espanto, ya[3] no chillaba siquiera.

Salió fuera, silenciosa, y en el regato[4] próximo se lavó la sangre. Un diente bonito, juvenil, le quedó en la mano. Del ojo lastimado[5], no veía.

Como que el médico, consultado tarde y de mala gana[6], según es uso de labriegos, habló de un desprendimiento de la retina, cosa que no entendió la muchacha, pero que consistia... en quedarse tuerta[7].

Y nunca más el barco la recibió en sus concavidades para llevarla hacia nuevos horizontes de holganza[8] y lujo. Los que allá vayan[9], han de ir sanos, válidos, y las mujeres, con sus ojos alumbrando[10] y su dentadura completa...

---

1. **llevar (tener) en arriendo :** *affermer.*
2. **el cariño :** *l'affection, l'attachement.*
3. **ya :** connotation de temps : *plus ;* **ya no chillaba** : *elle ne criait plus.* Mais : **no quiero más** : *je n'en veux plus.*
4. *petit cours d'eau.*
5. **lastimado :** *blessé, endommagé.*
6. **de mala gana :** *à contrecœur ;* **de buena gana** : *de bon gré.*
7. **tuerto (a) :** *borgne.*
8. **la holganza :** *plaisir, repos.*
9. le subj. rend bien ici l'idée de « ceux qui vont » et « ceux qui voudraient aller... ».
10. de **alumbrar** : *éclairer.* Le gérondif a valeur ici d'adj. : *des yeux brillants, éblouissants.* Intention amère de « belle marchandise ».

Ce fut un instant de fureur, où il l'aurait tuée sans scrupule, plutôt que de la voir partir, le laissant seul, veuf, presque dans l'incapacité de cultiver la terre qu'il affermait, qu'il avait fécondée durant tant d'années, avec sa sueur, et pour laquelle il éprouvait un attachement machinal, absurde. Il cessa enfin de frapper ; Ildara, étourdie d'épouvante, ne criait même plus.

Elle sortit, silencieuse, et dans le ruisseau proche elle lava son sang. Une jolie dent, juvénile, lui resta dans la main. De son œil blessé, elle ne voyait plus.

Le médecin, consulté tardivement et de mauvais gré, comme il est coutumier chez les paysans, parla d'un décollement de la rétine, chose que la jeune fille ne comprit pas, mais qui voulait dire... qu'elle resterait borgne.

Et jamais plus le bateau ne la reçut dans ses formes concaves pour l'emporter vers de nouveaux horizons de plaisir et de luxe. Ceux qui iront là-bas, doivent partir en bonne santé, valides ; et les femmes avec des yeux bien vivants et toutes leurs dents.

Index
Vocabulaire espagnol-français

amo (m), *maître*, **168**
ampliar, *élargir*, **16**
añadir, *ajouter*, **88**
ancho (a), *large, vaste*, **68**
andar (irr.), *marcher*, **74**
anécdota (f), *anecdote*, **22**
anegadas (f), *noyées* (fig.), **110**
angustia (f), *angoisse*, **138**
ano (m), *anus*, **24**
anochecer (al), *à la tombée de la nuit*, **110**
anonadado, *anéanti*, **18**
añorar, *regretter, en avoir la nostalgie*, **52**
ante, *devant*, **10**
antepecho, *parapet, garde-fou*, **154**
antebrazo, *avant-bras*, **22**
antojársele algo a alguien, *avoir l'impression, venir à l'esprit*, **84**
apagar, *éteindre*, **22, 102**
apartar, *écarter*, **170**
apearse, *descendre* (d'un véhicule), **66**
apellido, *nom de famille*, **156**
apetecer (irr.), *plaire, être agréable*, **80**
aplastar, *écraser*, **18, 146**
aplazar, *reporter, ajourner*, **76**
aporrear, *frapper, écraser*, **172**
apremio (m), *impatience, empressement*, **88**
apresurarse, *s'empresser*, **10, 148**
apretar (ie), *serrer*, **72, 140, 170**
aprovechar, *profiter*, **160**
apurar, *presser, bousculer* (fig.), *finir* (fig.), **102, 124**
araña (f), *araignée, lustre*, **68**
arancel (m), *impôt douanier*, **148**
arder, *brûler*, **92, 168**
ardoroso, a, *ardent, e*, **110**
arrancar, *arracher*, **68**
arrastrar, *traîner, emporter*, **138**
arreglar, *placer, ranger, réparer*, **56**
arriesgar, *risquer*, **124**
arrojar, *projeter, jeter*, **170**
arrollar, *renverser*, **80**
arroparse, *s'envelopper, se couvrir*, **136**
asaltar, *assaillir*, **80**
asco (m), *dégoût*, **18**
asedio (m), *siège* (fig.), **154**
asentir (irr.), *acquiescer*, **58**
así pues, *ainsi donc*, **24**
asiento (m), *siège*, **36**
asir (irr.), *saisir, tenir*, **136**
asombrar, *étonner*, **36**
aspero, a, *rugueux, se*, **102**
asunto (m), *affaire, question*, **116, 150**
asustar, *faire peur*, **100**
atareado, a, *affairé(e), occupé(e)*, **34**
atizar, *attiser*, **56**
atravesar (ie), *traverser*, **34, 38, 42**
atreverse a, *oser*, **154**
atribuladas, *affligées*, **118**
atropellar, *renverser*, **86**
aturdido (a), *étourdi(e), abasourdi(e)*, **34**
autopista (f), *autoroute*, **68**
avecinarse, *approcher*, **24**
avergonzar (üe), *faire honte, avoir honte*, **160**
averiguar, *vérifier, enquêter*, **10**
avisar, *prévenir*, **24, 134**
ayes (subs. de ay), *cris*, **138**
ayudante (m), *aide, assistant(e)*, **34**
ayudar, *aider*, **56**

B

baba (f), *bave*, **46**
bailar, *danser*, **104**
baile (m), *bal*, **48**
bajar, *descendre*, **40**
barbaridad (f), *un nombre fou de* (fig.), **106**
barbero (m), *barbier*, **118**

E

encanto (m), *ravissement,* **148**
encender (ie), *allumer,* **34**
encendida, *toute rouge* (fig.), **120**
encharcar, *inonder, former des flaques d'eau,* **110**
enchufar, *brancher,* **24**
encogerse de hombros, *hausser les épaules,* **64, 124**
encontrar, *trouver, rencontrer,* **10**
encuentro (m), *rencontre, match,* **102**
enfermo (a), *malade,* **34, 44, 112**
enflaquecido, *amaigri,* **120**
enfundar, *couvrir, recouvrir,* **36**
engaño (m), *leurre, tromperie,* **162**
engañoso (a), *menteur (euse),* **170**
engolada (voz), *grave (voix),* **136**
enhorabuena (f), *félicitations,* **132**
enlutado (a), *endeuillé(e),* **120**
enrojecer (irr.), *rougir,* **48**
enseñar, *montrer, enseigner,* **46**
ensueño (m), *rêverie,* **110**
entender (ie), *comprendre,* **22, 50, 148**
enterarse de, *apprendre quelque chose, savoir,* **22, 152**
enternecerse (irr.), *s'attendrir,* **80**
entrañas (f), *entrailles,* **120**
entregar, *remettre, livrer,* **36, 44**
envoltura (f), *emballage,* **12**
envolver (ue), *envelopper,* **110, 140**
envuelto (pp de envolver), *enveloppé,* **172**
equivocarse, *se tromper,* **12, 88**
esbelto (a), *svelte,* **36**
escalera (f), *escalier,* **72**
escaño (m), *siège* (politique), **146**
escaparse, *s'échapper,* **24, 88**
escarnecer, *bafouer,* **14**
escocer (irr.), *brûler, piquer,* **88**
escuálido (a), *maigre, émacié(e),* **66**
escuchar, *écouter,* **80**
escupir, *cracher,* **122**
esforzarse (ue), *s'efforcer, faire des efforts,* **46**
esfumar, *estomper, ombrer,* **110**
espadaña (f), *roseau des étangs,* **134**
espaldas (f), *dos,* **64**
espanto (m), *épouvante, frayeur,* **46, 174**
espejear, *miroiter, reluire,* **68**
espejo (m), *miroir,* **68, 172**
espinilla (f), *le tibia,* **140**
esquina (f), *coin de rue,* **102**
estallar, *éclater,* **82, 100**
estancia (f), *pièce, séjour,* **98**
estar para, *être sur le point de,* **100**
estatura (f), *taille,* **36**
estremecerse (irr.), *frémir,* **64**
estrépito (m), *fracas,* **24**
estribar en, *se trouver, résider* (fig.), **26**
estrujar, *presser, écraser,* **80**
éxito (m), *succès,* **150**
experimentar, *ressentir, éprouver,* **58, 80**
extrañar, *étonner,* **24**
extraño (m), *étrange,* **86**
extremo derecha, *ailier droit,* **98**

F

facciones (f), *traits du visage,* **110**
faenas (f), *travaux agricoles,* **168**
faja (f), *bande, écharpe,* **148**
faltar, *manquer,* **24, 112, 156**
fama (f), *réputation,* **150, 158**
fámula, *domestique* (fam.), **122**
farmacéutico, *pharmacien,* **112**
farol (m), *lampadaire,* **110**
favor de (hacer el), *bien vouloir, faire le plaisir de,* **122**
fe (f), *foi,* **90**
fehaciente, *faisant foi,* **146**
felicidad (f), *bonheur,* **132**
feliz, *heureux,* **162**
fementida cama, *lit infâme,* **118**
ferrocarril (m), *chemin de fer,* **146**

medio campo (m), *milieu du terrain,* **102**
mediodía (m), *midi,* **64**
memoria (de), *par cœur,* **152**
mente (f), *esprit,* **140**
mercar, *acheter,* **170**
meterse en, *se mêler de,* **158**
miedo (m), *peur,* **138**
mientras + subj., *tant que* + futur, **162**
milagro (m), *miracle,* **52**
mirada (f), *regard,* **156**
mirar, *regarder,* **66**
molestar, *déranger,* **160**
molesto, *gênant,* **24**
monje (a), *moine, nonne,* **74**
moras (f), *mûres,* **134**
morir (ue, irr.), *mourir,* **90**
mover (ue), *bouger,* **92**
moverse (ue), *bouger,* **24**
mozo (adj.), *jeune,* **136, 168**
muchacho (a), *garçon, fille,* **102**
mudo (a), *muet(te),* **158**
mueca (f), *grimace,* **16**
muerte (f), *mort,* **88**
muestra (f), *signe, preuve, échantillon,* **84**
mujer (f), *femme,* **44**
muneca (f), *poignet,* **74**
murmurar, *médire,* **134**
musitar, *murmurer,* **26**

N

nacer, *naître,* **14**
nacimiento (m), *naissance,* **14**
navaja (f), *canif, couteau,* **168**
neblina (f), *brouillard,* **110**
nervio (m), *nerf,* **104**
nevar (ie), *neiger,* **40**
niebla (f), *brouillard,* **134**
nieto (m), *petit-fils,* **50**
niñez (f), *enfance,* **14**
nombre (m), *prénom,* **156**
notar, *remarquer, observer,* **48, 116**
noticia (f), *nouvelle,* **118**
novela (f), *roman,* **24**
noviazgo (m), *fiançailles,* **132**
novísimo, *tout nouveau, récent,* **114**

O

obedecer (irr.), *obéir,* **92**
ocio (m), *loisir,* **146**
ocultarse, *se cacher,* **110**
ocurrir, *arriver, se passer,* **12**
odiar, *haïr,* **88**
ofender, *offenser,* **88, 162**
oficio (m), *métier,* **146**
oído (m), *oreille, ouie,* **74**
oír, *entendre,* **18**
ojalá + subj., *pourvu que,* **138**
ojeada (f), *coup d'œil,* **36**
ojos (m), *yeux,* **10, 72**
ola (f), *vague,* **124**
oler a (irr.), *sentir* (de l'odorat), **98**
olor (m), *odeur,* **42**
olvidar, *oublier,* **42**
omnipotente, *tout-puissant,* **14**
oprimir, *oppresser,* **110**
orden (f), *ordre* (commandement), **34**
orden (m), *ordre* (contraire de *désordre*), **34**
orgullo (m), *fierté, orgueil,* **86**
orilla (f), *bord, rive, berge,* **86, 140**
orinar, *uriner,* **72**

P

padecer (irr.), *souffrir,* **112, 158**
padecimiento (m), *souffrance, maladie,* **112**
padres (m), *parents,* **16**
pago (m), *paiement,* **118**
palabra (de), *en paroles,* **162**
palabrota (f), *gros mot,* **98**
palacio (m), *palais,* **68**
palco (m), *loge* (théâtre), **154**
paleto, *rustre* (fig.), **112**
pálido, a, *pâle,* **110**
palos (m), *coups* (fig.), **152**

tienda (f), *magasin*, **110**
tinieblas (f), *ténèbres*, **26**
tío (m), *type* (fam.), **122**
toca (f), *coiffe*, **88**
tocar, *toucher, être le tour de*, **14, 80**
tocar (la guitarra), *jouer (de la guitare)*, **14, 118**
todas partes (en), *partout*, **102**
tonelada (f), *tonne*, **148**
tontería (f), *bêtise*, **36**
tonto (a), *innocent(e), idiot(e)*, **34**
topar con, *rencontrer par hasard*, **68**
torpeza (f), *maladresse*, **138**
toser, *tousser*, **82**
total, *et alors ?*, **104**
trabajo (un), *effort, travail*, **50, 84**
traer (irr.), *apporter*, **46**
tragar, *avaler* (pr. et fig.), *engloutir*, **34, 138**
trago (de un), *d'un trait, d'un coup*, **114**
traidor (m), *traître*, **138**
traje (m), *costume*, **142**
trallazo (m), *coup de fouet*, **152**
trámite (m), *démarche, formalité*, **70**
tramposo (a), *tricheur (euse)*, **122**
transcurrir, *passer, s'écouler* (temps), **118**
transeúnte (m), *passant*, **72, 110**
trasladarse, *se rendre, aller*, **114**
tratar de, *essayer de*, **48**
tratarse de, *s'agir de*, **22**
travieso, *espiègle*, **56**
trayecto (m), *trajet, parcours*, **88**
tresillista, *joueur de tresillo* (jeux de cartes), **132**
trigueño (a), *blond(e), de blés mûrs*, **152**
tropezar, *heurter*, **140**
tropezar con, *tomber sur* (hasard), **120**
tuerto (a), *borgne*, **174**
tumbarse, *s'allonger*, **100**

U

ultramarinero (m), *épicier*, **122**
uña (f), *ongle*, **92, 168**
usar, *utiliser, s'en servir*, **162**

V

vacaciones (f), *vacances*, **154**
vacilar, *vaciller, trembler*, **26**
vacío (a), *vide*, **38**
vaho (m), *buée*, **34**
valeroso (a), *courageux (euse)*, **70**
varar, *échouer*, **134**
vaso (m), *verre*, **84**
vecino (m), *voisin*, **24**
velador (m), *guéridon*, **98**
velar, *veiller*, **86, 148**
vello (m), *poil du corps*, **102**
ventaja (f), *avantage*, **160**
ventanilla (f), *glace de voiture, guichet, hublot*, **36**
veraneante (m), *estivant*, **86**
veranear (de verano, *été*), *passer ses vacances d'été*, **152**
veras (de), *vraiment, sérieusement*, **14**
verdad (f), *vérité*, **42**
verdadero, *vrai, véritable*, **54**
verja (f), *grille*, **32**
vestir (irr.) el luto, *porter le deuil*, **112**
vez (a su), *à son tour*, **120**
vía (f), *voie, artère* (rue), **110**
viaje (m), *voyage*, **38**
vicio (m), *vice*, **86**
viudo (a), *veuf, veuve*, **48, 156, 174**
vivo, *vivant, vif*, **10**
volver, *revenir*, **22**

Imprimé en France par

BRODARD & TAUPIN

à La Flèche (Sarthe)
en février 2011

POCKET – 12, avenue d'Italie - 75627 Paris cedex 13

N° d'impression : 62714
Dépôt légal : août 1995
Suite du premier tirage : février 2011
S13986/08